KB139359

Hyewon World Best

황금을 바구니에 가득 담아
후손에게 물려 주는 것보다
한 권의 책을 가르쳐 주는 것이 낫다.
재물은 쓸수록 없어지지만
지식과 지혜는 사용할수록 늘어나기 때문이다.

Hyewon World Best

황금을 바구니에 가득 담아
후손에게 물려 주는 것보다
한 권의 책을 가르쳐 주는 것이 낫다.
재물은 쓸수록 없어지지만
지식과 지혜는 사용할수록 늘어나기 때문이다.

金鰲新話

금오신화

김시습 지음 / 이기종 역주

惠園出版社

차 례

일러두기

1. 이 책은 김시습이 지은 《금오신화》의 현전하는 다섯 작품 외에 고전 문학으로 대표되는 작품 중 〈화왕계〉, 〈국순전〉, 〈국선생전〉, 〈죽부인전〉, 〈저생전〉, 〈허생전〉, 〈전우치전〉을 함께 수록하였다.

2. 각 작품들은 원문에 충실하되 독자들이 쉽게 의미 파악을 할 수 있도록 가급적 한문본은 현대적인 감각에 맞게 번역하였고, 국문본도 현대 표기법을 따랐다.

3. 이해하기 어려운 단어는 번호를 지정해 뜻풀이를 해놓았다.

4. 이 책의 대표적인 작품 《금오신화》는 연대와 상관없이 맨 앞에 수록하였으며, 그 외의 작품들은 연대순으로 수록하였다.

금오신화

(金鰲新話)

작자 : 김시습(金時習)

1435~1493(조선 세종 17~성종 24). 학자. 생육신(生六臣)의 한 사람. 자는 열경(悅卿), 호는 설봉(雪岑)·청한자(淸寒子)·동봉(東峯)·췌세옹(贅世翁)·매월당(梅月堂) 서울의 한미한 무반 집안에서 태어나 어려서부터 신동이라 불리며 세종의 총애를 입어 뒷날이 기약되기도 했다. 그러나 어려운 가정환경과 세조가 단종을 몰아내고 왕위에 오른 것을 계기로 방랑과 환속(還俗)을 거듭하면서 59세를 일기로 세상을 마쳤다. 그는 불굴의 정치적 양식을 갖춘 신흥 사류파의 지식인으로서 때로는 인생을 부정하면서도, 때로는 현실과 타협하지 않을 수 없는 인간적 고뇌를 시와 소설을 통해 형상화시켰으며, 유(儒)·불(佛) 정신을 아울러 포섭한 사상과 탁월한 문장으로 일세를 풍미하였다.

그의 작품 〈금오신화〉는 한국 최초의 소설로서 큰 의의를 지니고 있으며, 이 외에 《사유록(四遊錄)》,《십현당요해(十玄堂要解)》,《매월당집(梅月堂集)》 등이 있다.

1. 만복사저포기(萬福寺樗蒲記)

1

전라도 남원(南原) 땅에 양생(梁生)이라는 사람이 살고 있었다. 일찍이 어버이를 여의고 늦도록 장가를 들지 못하여 만복사(萬福寺)[1]라는 절의 동쪽에 있는 한 골방에서 홀로 외로운 세월을 보내고 있었다.

그의 방 앞에는 배나무가 한 그루 서 있었는데, 바야흐로 봄을 맞이하여 꽃이 만개(滿開)하여 뜰 안은 은세계를 이룬 듯 아름다웠다.

양생은 달 밝은 밤이면 답답하고 외로운 마음을 달래지 못하여 나무 밑을 거닐곤 했는데, 어느 날 밤 그 감정에 사로잡혀 문득 시(詩)를 지어 읊었다.

　　　한 그루 배꽃나무 외로움을 벗삼으니
　　　휘영청 달은 밝은데 시름만 깊어지네.

---

1) 남원 기린산에 있는 절. 고려 문종 때 창건하였음.

푸른 꿈 홀로 누운 고요한 들창으로
들려 오는 퉁소 소리 누구의 님이런가.

비취(翡翠)[2]는 짝을 잃어 저 혼자 날아가고
원앙새 한 마리 맑은 물에 노니는데
기보(棋譜)를 보면서 내 님을 그려보다
등불만 가물가물 이 내 신세 가이없다.

양생이 시를 읊고 나자 별안간 공중에서 이상한 소리가 들려
왔다.

"그대가 진정으로 좋은 배필을 얻고자 한다면 그 무엇이 어려
울 것인가!"

양생은 이 소리를 듣고서 매우 기뻐했다.

그 이튿날은 3월 24일이었다. 그 마을에서는 해마다 이날이 되
면 많은 청춘 남녀들이 만복사를 찾아와서는 향불을 피우고 자
신의 소원을 비는 풍습이 있었다.

이날 양생은 저녁 불공이 끝나자 법당에 들어가서 소매 속에
넣어 두었던 저포(樗蒲)[3]를 꺼내서는 불전(佛前)에 던지기에 앞
서 먼저 소원을 빌었다.

"자비로운 부처님, 오늘 제가 부처님을 모시고 저포놀이를 하
려고 합니다. 만약에 제가 지면 법연(法筵)[4]을 차려서 부처님께
보답드릴 것이고, 만약에 부처님께서 지시면 반드시 제 소원대로

---

2) 물총새. 3) 지금의 주사위 놀이와 같은 놀음의 일종. 4) 불법을 강의하고 설명하는
모임.

아름다운 배필을 얻게 해 주시옵소서."

그러고 나서 양생은 즉시 저포를 던졌다. 그리고 그가 승리를 하게 되었다.

양생은 매우 기뻐하며 불전에 꿇어앉아 말씀을 사뢰었다.

"자비로운 부처님이시여, 아름다운 인연은 이미 정해졌습니다. 부디 소생을 저버리지 마시길 간절히 바라옵나이다."

그리고 그는 불좌(佛座) 뒤에 깊숙이 숨어서 약속한 배필이 나타나기를 기다렸다.

과연 얼마 안 되어 한 여인이 들어왔다. 나이는 열대여섯 살쯤 된 것 같았고, 새까만 머리에 깨끗하게 단장을 한 모습이 마치 오색 구름을 타고 내려온 월궁(月宮)의 선녀와 같았다. 자세히 보면 볼수록 말로 표현하기 힘들 정도로 너무나 곱고 얌전한 모습이었다.

여인은 백옥같이 하얀 손으로 등잔에 기름을 부어 불을 켰다. 그리고 향로에 향을 꽂은 다음 절을 세 번 하고는 꿇어앉아 한숨을 쉬며 슬피 탄식하였다.

"인생이 박명(薄命)하다고는 하지만 어찌 저와 같을 수 있습니까?"

여인은 품 안에서 축원문을 꺼내 조심스럽게 불탁(佛卓) 위에 얹어 놓았는데 그 내용은 다음과 같았다.

○○ 고을 ○○ 마을에 사는 소녀 ○○는 외람되옵게도 부처님께 말씀드리옵니다. 지난번 변방(邊方)이 허물어지자 표독한 왜구(倭寇)가 침입해 와, 봉화가 자주 오르고 전투가 계속됐습니다. 왜구가 집을 불사르고 사람들을 노략해 가자 친척과 노복들은

동서남북 사방으로 정처없이 흩어졌습니다. 그러나 냇버들같이 가냘픈 소녀의 몸으로는 먼 길 피난하기가 힘들어서 깊숙한 골방에 숨어들어 금석 같은 정절을 지켰습니다. 그러나 우리 부모님은 그곳이 이 여식의 수절에 과히 마땅치 않다 여기셔서 벽지(僻地)에 옮겨 두어 초야(草野)에 묻혀 살게 하셨는데 어느덧 3년이 흘렀습니다. 달 밝은 가을 밤과 꽃 피는 봄을 속절없이 보내고 들구름 흩날리고 흐르는 물이 처량할 때 그윽한 골짜기에서 박명의 한숨에 겨워 때때로 님을 그려 채란(彩鸞)의 외로운 춤을 슬퍼하였습니다. 세월은 흘러흘러 날이 바뀌고 달이 바뀌니 서러운 간장은 다 녹아 없어지고 혼백마저 흩어졌나이다. 자비하신 부처님! 이 소녀를 가련히 여기시어 각별히 돌보아 주시옵소서. 인간의 한평생은 이미 정해져 있고 부부의 백년가약을 어길 수 없사오니, 부디 아름다운 배필을 점지해 주시기를 간절히 바라옵니다.

축원을 마치고 여인은 울기 시작했다.

아름다운 여인의 서글픈 울음소리에 양생은 마음을 가누지 못하고 불좌 뒤에서 뛰쳐나오며 말했다.

"아가씨, 당신은 누구며, 방금 불전에 바친 글은 무엇이오?"

양생은 여인의 대답을 기다리지도 않고 곧 불전에 바친 글을 집어들었다.

글을 다 읽은 양생은 얼굴 가득 기쁨을 띠며 말했다.

"아가씨는 도대체 누구길래 이 밤에 여기까지 홀로 오셨소?"

여인은 놀라거나 두려워하지 않고 차분하게 대답했다.

"저도 역시 사람입니다. 그런 의아한 눈으로 보지 마십시오. 당신은 좋은 배필을 얻으면 그만이지 않습니까? 굳이 이름은 알아 무엇하시겠습니까?"

2

만복사는 이때 너무 낡아서 승려들은 절 한 모퉁이에서 살고 있었고, 법당 앞에는 단지 행랑채만이 쓸쓸히 남아 있었으며, 행랑채 끝에 아주 작은 판자방이 하나 있었다.

양생이 여인에게 눈짓을 하니, 여인은 스스럼없이 그의 뒤를 따라 그곳으로 들어갔다. 그리고 두 사람은 운우(雲雨)[5]의 즐거움을 누렸다.

이윽고 밤은 깊어 가고 달이 떠올라 그림자가 창에 비치는데, 갑자기 어디에선가 사람의 발소리가 들려 왔다. 여인이 문을 열고 내다보니 여인의 시중을 드는 시녀(侍女)가 와 있었다. 여인은 반가워하며 물었다.

"어떻게 네가 여기를 찾아왔느냐?"

시녀가 말했다.

"평소에는 문 밖에도 나가시지 않던 아가씨가 아무 곳에도 안 계시기에 여기저기 찾다가 보니 이곳까지 오게 되었습니다."

이에 여인이 말했다.

"오늘 일은 우연이 아닌 것 같구나. 높으신 하느님과 자비로우신 부처님의 덕으로 고운 님을 맞이하여 백년 해로(百年偕老)[6]의

5) 남녀간의 육체적인 접촉. 6) 부부가 되어 서로 사이좋고 화락하게 함께 늙음.

가약을 맺게 되었다. 부모님께 미처 알리지 못한 것은 예절에 어긋난다 하겠지만 아름다운 인연을 맺게 된 것은 평생의 기쁨이 아닐 수 없다. 그러니 너는 의아하게 생각하지 말고 어서 돌아가 주연(酒宴)을 갖추어 가지고 오너라."

시녀가 명을 받들고 갔다가 돌아와 뜰에서 잔치를 베풀었는데 시간은 이미 사경(四更)[7]이 가까웠다.

상에 놓인 기명(器皿)[8]은 희고 깨끗한 것이 무늬가 없으며 술잔에서는 기이한 향기가 풍기는 것이 아무리 보아도 인간 세계의 솜씨는 아닌 듯싶었다.

양생은 속으로는 의심스럽고 괴이하게 여겼으나, 여인의 말씨와 웃음이 맑고 얼굴과 몸가짐이 매우 얌전했으므로 아마 어느 명문가의 아가씨가 한때의 정서를 걷잡지 못하여 몰래 담을 넘어 뛰쳐나온 것일 거라고 생각하고는 크게 염두에 두지 않았다.

여인은 양생에게 술잔을 권하면서 시녀에게 권주가를 부르도록 명한 뒤 말했다.

"이 아이는 옛곡조밖에 부를 줄 모른답니다. 원하건대 낭군님께서 저를 위하여 가사를 하나 지어 이 아이에게 부르게 하시면 고맙겠습니다."

양생은 흔쾌히 승낙하고 곧 만강홍(滿江紅)[9] 가락으로 한 곡조를 지어 시녀에게 부르게 하였다.

이른 봄 찬바람에 명주 적삼 흩날리고

---

7) 하룻밤을 다섯으로 등분한 넷째. 새벽 두시 전후. 8) 살림살이에 쓰는 온갖 그릇.
9) 노랫가락의 이름.

애달픈 향로의 불은 몇 번이나 꺼졌던고.
앞산은 저무는 빛에 눈썹처럼 가물거리고
저녁녘 구름이 일산(日傘)처럼 퍼졌을 때
비단 장 속 원앙 이불 뉘와 함께 노닐건가.
금비녀 반쯤 꽂은 채 퉁소나 불어 볼까.
덧없는 저 세월은 무심히 흘러만 가고
봄 밤 깊은 시름은 둘 곳이 전혀 없네.
낮게 두른 병풍 속에 등불만 가물가물
이몸 홀로 눈물지어도 그 누가 알아 줄까.
아 기쁘구나! 오늘 밤엔 봄바람이 찾아와서
첩첩 쌓인 이 내 원한 봄눈 녹듯 녹았구나.
금루곡(金縷曲)[10] 한 가락을 잔을 잡고 부르면서
한스러운 옛일을 느꺼워 하노라.

노래가 끝나자 여인은 수심이 진 얼굴로 말했다.

"진작 만나지 못한 것이 못내 한스럽지만 그래도 오늘 이렇게 당신을 만나게 되었으니 아마도 천행이 아닌가 싶습니다. 낭군께서 저를 저버리지 않으신다면 비록 미약한 몸이오나 당신과 함께 백년 고락을 누려 볼까 합니다. 그러나 만일 당신이 저를 버리신다면 그날 이후로 저는 영원히 사라지겠나이다."

양생은 이 말을 듣고 한편으로는 놀랍기도 하고, 다른 한편으로는 고맙게도 생각되어 대답했다.

"그대의 사랑을 내가 어찌 저버릴 수 있겠소?"

---

10) 옛 곡조의 이름.

그래도 여인의 태도가 범상치 않았으므로 아무래도 이상하여 유심히 그녀의 행동을 살폈다.

그때 달은 서쪽 산봉우리에 걸쳐 있고, 멀리 마을에서 닭 우는 소리가 들려 왔다. 그리고 절에서는 새벽 종소리가 들려 오고 날이 밝아 오고 있었다. 여인이 시녀에게 말했다.

"너는 주연을 거두어서 그만 집으로 돌아가거라."

시녀는 곧 어디론가 사라졌고 여인이 양생에게 말했다.

"아름다운 인연은 이미 정해졌으니 저와 함께 집으로 돌아가셨으면 합니다."

양생은 이에 쾌히 승낙하고 여인의 손을 잡고 절을 나왔다.

두 사람이 마을을 지날 때 울타리 밑에서는 개가 짖고 있었고 사람들은 길을 나다니고 있었다.

그러나 사람들은 양생이 여인과 함께 거니는 것을 아무도 보지 못하는 모양인지 다만 이렇게 물을 뿐이었다.

"양 총각, 새벽부터 혼자서 어딜 다녀오시오?"

그러면 양생은 이렇게 대답하였다.

"어젯밤에 만복사에 갔었는데 취하여 누워 있다가 이웃 마을에 사는 동무를 찾아가는 길입니다."

양생이 여인의 뒤를 따라 깊은 숲을 헤치고 가는데, 이슬이 흠뻑 내려 갈 길이 막막하였다.

양생이 물었다.

"거처하는 곳이 어찌하여 이렇게 쓸쓸하오?"

"노처녀의 거처가 으레 그렇죠."

그러더니 문득 옛 시 한 장(章)을 외워 농담을 붙였다.

이슬 촉촉한 저 길을 저물기 전에 가고 싶지만
어인 이슬 이다지 많아 그 소원 풀 수 없네.

양생도 또한 옛 시 한 장을 읊어 화답하였다.

어슬렁거리며 저 여우는 다리 위를 거니네.
정든 아가씨 노리는가?
미친 녀석 멋모르고 설렁이네!

 두 사람은 한바탕 웃고나서 함께 개녕동(開寧洞)으로 향하였다.
 그리고 다북쑥이 들을 덮고 하늘에 닿을 듯한 고목이 울창한
곳에 깨끗하고 아담한 초당(草當)이 있는 곳에 이르렀다. 여인은
양생을 데리고 안으로 들어갔다.
 방 안에는 침구와 휘장이 잘 정리되어 있었고, 밥상이 차려져
있었는데 모든 음식이 어젯밤 만복사의 차림과 별로 다름이 없
었다.
 양생은 그곳에서 사흘을 보냈는데 하루하루를 즐거움 속에 지
냈다.
 그리고 시녀는 얼굴이 매우 아름답고 조금도 교활한 빛이 없
었으며, 또한 좌우에 진열되어 있는 깨끗하고 품위 있는 그릇과
가구에 양생은 간혹 인간 세상의 것이 아닌 것 같다는 의아한 마
음을 금하지 못하였다. 그러나 여인의 은근한 정과 마음에 이끌
려 그런 생각은 금방 사라졌다.
 어느 날 갑자기 여인이 양생에게 말했다.

"이곳의 사흘은 인간 세상의 3년과 같습니다. 서운하긴 하지만 서방님은 이제 다시 인간 세상으로 돌아가셔서 옛날의 살림을 돌보셔야 합니다."

"도대체 그게 웬 말이오?"

"지금 못다 이룬 연분은 내세에 다시 만나 이룰 수 있을 것이옵니다. 그리고 이곳의 예절은 인간 세상의 그것과 같으니 저의 친척과 이웃 동무들을 만나 보고 떠나시는 것이 어떻겠습니까?"

"좋소, 그렇게 합시다."

여인은 시녀를 시켜 친척과 이웃 동무들을 초대하였다.

3

초대를 받아 온 정씨(鄭氏), 오씨(吳氏), 김씨(金氏), 유씨(柳氏) 네 여인은 모두 귀한 가문의 따님들로서 성품이 온유하며 풍류가 있고 시문에 능하였다.

여인들은 양생을 전송하는 시를 지어 읊었다.

먼저 정씨가 시를 읊었다. 정씨는 낭랑한 목소리를 가졌으며, 쪽진 머리채가 귀밑을 살짝 뒤덮은, 매우 활달한 여성이었다.

봄이라 꽃피는 밤 달빛마저 꽃다운데
내 시름 그지없어 달님에게 물어 보자.
이 몸이 죽어서 비익조(比翼鳥)[11] 된다면

---

11) 암컷, 수컷이 눈과 날개가 하나씩이라서 짝을 짓지 않으면 날지 못한다는 전설상의 새. 또는 날개를 가지런히 맞대고 날아다니는 새. 남녀의 지극한 정을 비유하는 말.

님과 함께 날개 펴고 푸른 하늘 날리라.

칠등(漆燈)[12]은 캄캄하고 밤 또한 길고긴데
북두성 가로 비켜 달빛조차 처량하다.
슬프구나 저승길을 그 누가 쫓아오리.
푸른 적삼 쪽진 머리 단장함도 옛일이라.

내 님을 어이 믿나 백년 가약 속절없네.
봄바람 살랑 부니 그대 사랑 어디 갔나.
베개 위에 눈물 자국 몇 군데나 젖었던고.
무심한 산비(山雨)에 배꽃(梨花)만 뜰에 지네.

꽃다운 청춘을 속절없이 지내려니
쓸쓸한 이 내 마음 몇날 밤을 울었던가.
남교(藍橋)[13]에 지나는 객 님인 줄 모르다니
언제나 좋은 기약 그 님을 만나 볼까.

오씨는 쪽진 머리에 애교 있는 얼굴로 넘치는 정서를 걷잡지
못하고 뒤를 이어 읊었다.

만복사에 향 피우고 돌아오던 밤이런가
가만히 던진 저포 나의 소원 누가 알까?

---

12) 무덤 속에 켜는 등불.   13) 중국의 지명. 섬서성(陝西省) 남전현(藍田縣) 동남쪽에
있음.

꽃피는 봄 가을 달에 그지없는 이 원한은
님이 주신 한잔 술에 봄눈 녹듯 녹았구나.

복숭아빛 붉은 볼에 새벽 이슬 적셨건만
깊은 골은 봄이어도 나비조차 오지 않네.
즐겁구나 님의 동산 꽃다운 잔치라네.
새 곡조 부르려면 이 술 한잔 받으시오.

해마다 오는 제비 이 봄에도 왔건마는
그리운 님의 소식 애끊는 줄 몰라라.
부러워라 저 연꽃은 꼭지나마 나란히
못 안에 밤이 들면 함께 목욕하는구나.

검푸른 산 위에 높이 솟은 다락 하나
연리지(連理枝)[14]에 열린 꽃은 해마다 붉건마는
내 인생 한 백년이 저 꽃만 못하구나.
한 많은 이 청춘 눈물만 고이누나.

김씨는 자세를 바로잡고 위엄 있는 모습으로 붓을 잡더니 두
사람이 읊은 시의 음탕함을 책망하였다.
"오늘의 모임에서는 다만 이 자리의 흥취를 읊는 것이 마땅할
터인데 어찌 각자의 방탕한 정서를 털어놓아서 처녀의 정조를

---

14) 한 나무의 가지가 다른 나무의 가지와 맞닿아서 결이 서로 통한 것. 화목한 부부
또는 남녀 사이를 이름.

흐리며, 저 귀하신 손님으로 하여금 이 얘기를 인간 세계에 전하려 합니까?"

김씨는 말을 마치자 곧 낭랑한 목소리로 시를 읊었다.

밤 깊은 오경에 소쩍새 슬피 울고
북두성 가로 비껴 은하수도 아득할 제
애끊는 옥퉁소를 다시는 불지 마오.
한가한 이 풍경을 속인 알까 두렵구나.

금잔에다 익은 술을 한잔 가득 부으리라.
술이 많다 사양 말고 취하도록 받으시오.
내일 아침 봄바람이 사납게 불어 오면
한 토막 푸른 꿈은 꿈속으로 사라지네.

초록빛 얇은 소매 부드럽게 드리우고
흥에 겨워 잔 잡으니 한 잔 부어 또 한 잔을
맑은 흥취 깨기 전에 님이여 가지 마오.
다시금 가사 지어 새 곡조를 부르리라.

구름 같던 고운 머리 진토(塵土)된 지 몇 해인고.
그립던 님을 만나 오늘에야 웃노매라.
운우의 좋은 꿈을 신기하다 자랑 마오.
풍류스런 그 사연을 속인 알까 두렵구나.

유씨는 일찍이 규중의 가르침을 받은 여성으로, 얼굴과 옷이

화려하지는 않으나 깨끗한 소복을 입고 조용히 침묵을 지키다가
자기 차례가 되자 살짝 미소를 짓고는 시를 읊기 시작하였다.

> 금석같이 굳센 정조 지켜 온 지 그 몇 핸가.
> 옥같이 고운 얼굴 구천에 깊이 묻혀
> 그윽한 봄밤이면 월궁[15] 항아(姮娥)[16] 벗을 삼아
> 계수나무 꽃그늘에 홀로 졸고 있었다오.

> 우습구나 도리화(桃李花)야 봄바람도 좋지만
> 어이하여 남의 동산 함부로 날고 있나.
> 한평생 이 내 절개 더럽힘이 없건마는
> 백옥 같은 나의 마음 티 묻을까 두렵도다.

> 연지도 싫건마는 머리는 다북쑥이고
> 향내 나던 경대 속엔 이끼조차 끼었구나.
> 오늘 아침 이웃집 잔치에 초대되어
> 족두리의 붉은 꽃을 보기만 해도 부끄러워라.

> 기쁘도다 아가씨여 그립던 님을 맞았으니
> 천정(天定)하신 이 인연 백년 해로 꽃다울샤
> 월로(月老)[17]의 붉은 실에 금슬(琴瑟) 더욱 자별하여

---

15) 달 속에 있다는 전설적인 궁전. 월천자(月天子)가 부인과 함께 살며 달세계를 통치
한다고 함. 또 항아(姮娥)가 살고 있다는 아름다운 전설이 있음. 16) 달 속에 있다는
선녀. 17) 인간의 혼사를 맡은 신인(神人). 월하노인(月下老人)의 약칭(略稱).

비노니 두 분이여 양홍(梁鴻) 맹광(孟光)[18) 되옵소서.

4

여인은 유씨가 읊은 시의 마지막 장을 듣고 감동하여 앞으로 나오면서 말했다.

"제가 비록 재주는 없사오나 자획(字畵)은 대강 분별할 정도이오니 어찌 홀로 아무런 소감이 없을 수 있겠습니까?"

그러더니 곧 시 한 편을 읊었다.

개녕동 깊은 골은 봄의 수심 안고서
꽃은 피고 지고 한숨만 짓는구나.
아득한 초협(楚峽)[19) 구름 속에 고운 님 여의고는
상강(湘江)[20) 대밭 속에 눈물을 뿌리더니
맑은 강 화창한 날씨 원앙은 짝을 찾고
푸른 하늘 구름 걷혀 비취새만 노닐고 있네.
우리도 맺어 보세 굳고 굳은 동심결(同心結)[21)을
바라건대 비단 부채[22)는 맑은 가을 원망 마오.

양생 또한 원래 문장에 능통한 편이었지만, 그들의 시법(詩法)

---

18) 양홍은 후한(後漢) 때의 은사. 아내 맹광과 유명한 현부부(賢夫婦)임. 19) 중국의 지명. 사천성(四川省) 무산현(巫山縣) 동쪽에 있는 무산을 이름. 20) 중국 호남성(湖南省)에 있는 강. 순(舜) 임금이 죽자 두 아내가 강에 몸을 던져 따라 죽었다고 함. 21) 부부 사이에 마음이 변하지 않기를 맹세하며 맺는 실. 22) 실연한 여인에 대한 비유.

이 깨끗하고 운치가 있으며, 음운(音韻)이 맑음에 경탄하여 마지
않았다. 양생도 시 한 편을 지어 이들에게 화답하였다.

이 밤이 어떤 밤인가 고운 님을 기뻐 맞았네.
꽃처럼 예쁜 얼굴 앵두처럼 빨간 입술
문장 더욱 교묘하니 천고에 드물리라.
직녀는 북〔機〕 던지고 인간에 내려오고
월궁 항아는 공이〔杵〕 버리고 이곳을 찾았구나.
말쑥하게 꾸민 단장 술잔을 드날린다.
운우의 즐거움은 익숙하지 못할망정
술 마시고 시 읊으니 유쾌하기 그지없네.
기쁘도다 이제야 봉래섬[23]을 찾았으니
신선이 여기 있네 풍류도(風流徒)를 만났구나.
이름난 술잔에는 술이 가득 찼고 금향로에 안개 피어
백옥상(白玉牀) 솟은 앞에 매운 향내 나부끼고
푸른 비단 숙설간(熟說間)[24]에 산들바람 살랑살랑
드디어 님을 만나 이 잔치를 열게 되니
하늘엔 오색 구름 찬란하기 그지없네.
아아! 님이시여 옛일을 돌아보오.
문소(文簫)는 채란(彩鸞)을 사랑했고[25]
장석(張碩)은 난향(蘭香)을 만났다오.[26]

---

23) 해중(海中) 선산(仙山)의 이름. 24) 잔치 때 음식을 만드는 곳. 25) 서생 문소가 여
선(女仙) 오채란(吳彩鸞)을 만난 고사. 26) 선인(仙人) 장석과 두난향(杜蘭香)이 서로
만난 고사.

인생의 어울림도 반드시 인연이니
마땅히 잔을 들고 백년 해로 맹세하리.
님이시여! 가을철에 부채라니 그것이 웬 말이오?
저승에서 거듭 만나 백년 가약 맺어 두고
아침 꽃 저녁 달에 끊임없이 놀아보세.

　마침내 술도 다 마시고 서로 작별할 때가 되었다. 여인은 은잔
하나를 내어 양생에게 주면서 말했다.

　"저의 부모님께서 내일 저를 위하여 보련사(寶蓮寺)[27]에서 음
식을 베푸실 것입니다. 낭군께서 저를 진정 버리지 않으신다면
보련사로 가는 길에 기다리고 계시다가 저와 함께 부모님을 뵙
는 것이 어떻겠습니까?"

　"좋소."

하고 양생은 순순히 약속을 하였다.

　이튿날 양생은 여인이 이르는 대로 은잔을 가지고 보련사로
가는 길가에서 여인의 부모를 기다리고 있었다. 그랬더니 과연
어떤 명문가에서 딸의 대상(大祥)[28]을 치르기 위해 수레와 말을
길게 앞세우고 보련사를 향하여 가고 있었다.

　그때 한 마부가 양생이 은잔을 손에 들고 서 있는 것을 보고
는 주인에게 여쭈었다.

　"나리! 우리 아가씨 장례 때 무덤에 함께 묻었던 은잔을 어떤
사람이 훔쳤나 봅니다."

---

27) 남원부(南原府) 서쪽 40리 보련산에 있었다고 하나 미상.　28) 죽은 지 두 돌 만에
지내는 제사.

"아니, 그게 무슨 말이냐?"

주인 양반이 물었다.

"예, 저기 서 있는 서생이 가진 것을 보십시오."

마부가 말했다.

주인은 가던 길을 멈추고 양생에게로 가까이 다가가 은잔을 갖게 된 경위를 물었다.

양생은 여인과 있었던 일을 그대로 이야기하였다.

주인은 너무나 놀라워 한참을 멍하니 서 있더니 이윽고 입을 열었다.

"내 슬하에 오직 여식 하나밖에 없었는데, 왜구의 난리에 그만 죽고 말았네. 미처 정식으로 장례도 치르지 못하고, 개녕사(開寧寺) 곁에 묻어 두고는 기회를 보아 오다가 지금에사 하게 되었네. 오늘이 벌써 대상인지라 부모된 도리로 보련사에서 재(齋)나 베풀어 볼까 해서 가는 길일세. 자네가 정말 내 여식과의 약속을 지키려거든 여식을 기다려서 함께 오게."

말을 마치자 주인은 보련사로 떠났다.

5

양생은 여인을 기다렸다. 과연 약속했던 시간이 되자 여인은 시녀를 데리고 나타났다. 서로 반가워하며 두 사람은 손을 잡고 절로 향하였다.

여인은 절 문에 들어서자 먼저 법당에 올라 부처님께 예를 드리고는 곧 흰 휘장 안으로 들어갔지만 여인의 친척들과 승려들은 아무도 여인을 보지 못했고, 다만 양생이 보고 그 뒤를 따를 뿐이었다.

"저녁 진지나 함께 잡수시지요?"

여인이 양생에게 말했다.

"그러죠."

양생이 대답했다.

양생이 여인의 부모님께 이 이야기를 전하였다. 그들은 양생의 말이 믿기지 않아 휘장 속을 엿보았는데 딸의 얼굴은 보이지 않고 다만 수저 소리만 달그락거릴 뿐이었다.

여인의 부모는 크게 놀라며 휘장 속에 신방을 차려서 양생에게 딸과 동침할 것을 권하였다. 밤중이 되자 말소리가 맑고 고요하게 흘러나왔는데 사람들이 가만히 엿들으려고 귀를 기울이면 소리가 갑자기 끊어지곤 하였다.

여인이 양생에게 말했다.

"이제는 당신께 말씀드려야겠습니다. 제 행동이 법도에 벗어난다는 것을 저 스스로도 잘 알고 있습니다. 저도 어렸을 적에 시서(詩書)를 읽었으므로 예의에 대해서는 대충 알고 있습니다.《시경(詩經)》에서 말한 건상(褰裳)²⁹⁾과 상서(祥鼠)³⁰⁾ 두 장의 뜻을 모르는 것은 아니지만, 너무 오랫동안 들판 다북쑥 속에 묻혀서 버림받은 몸이 되고 보니 한번 일어난 정회를 걷잡지 못하여 박명을 탄식하였습니다. 그랬더니 뜻밖에도 삼세(三世)³¹⁾의 인연을 만나게 되었으므로 백 년의 높은 절개를 바쳐 술을 빚고 옷을 기

---

29)《시경》정풍(鄭風)의 장명(章名). 청춘 남녀의 음탕함을 풍자하는 내용. 30)《시경》 용풍(鄘風)의 장명. 사람의 무례함을 풍자하는 내용. 31) 불가에서 과거·현재·미래를 이르는 말.

워 평생 지어미의 길을 닦으려 하였습니다. 그러나 애달프게도 숙명적인 이별을 어길 수가 없사옵기에 한시 바삐 저승길을 떠나야 합니다. 운우는 양대(陽臺)[32]에서 개고 오작(烏鵲)은 은하에 흩어지매 이제 하직하면 훗날을 기약할 수 없사오니, 헤어짐에 임하여 아득한 정회를 무어라 말씀드릴 수 있겠나이까?"

말을 마치고 여인은 소리를 내어 울었다.

사람들은 여인의 영혼을 전송하였다. 비록 혼은 보이지 않았으나 슬픈 소리만은 은은히 들려 왔다.

저승길이 바쁜고로 괴로운 이별 하건마는
바라건대 님이시여 저버리진 마옵소서.
애달퍼라 어머니여! 슬프도다 아버지여!
고운 님 여의는 내 신세를 어이할꼬.
아득한 저승에서 원한만이 맺히리다.

소리는 점점 가늘어지더니 나중에는 분별할 수 없게 되었다. 여인의 부모는 그제야 양생의 말이 모두 사실임을 알게 되었다. 양생도 여인이 이세상 사람이 아님을 확실히 알게 되었다. 그러자 더욱 슬픔을 이기지 못하고 여인의 부모와 함께 머리를 맞대고 울었다. 여인의 부모가 양생에게 말했다.

"그 은잔은 자네에게 맡기겠네. 또한 내 여식의 몫으로 되어 있던 밭 두어 이랑과 노비를 자네에게 넘겨 줄 것이니 내 여식을 잊지 말아 주게."

---

32) 중국 사천성 무산현 북쪽에 있는 산 이름.

이튿날 양생은 술과 고기를 가지고 여인과 함께 지냈던 개녕동을 찾으니 새 무덤이 하나 있었다. 양생은 음식 차려 놓고 슬피 울면서 지전(紙錢)을 불사르고 정식으로 장례를 치른 뒤, 조문을 지어 읽었다.

아, 님이시여! 당신은 어려서는 성품이 온순하였고, 자라서는 아름다운 모습이 서시(西施)[33]와 같았고, 문장은 숙진(淑眞)[34]을 능가하였소. 규문 밖에는 나가지 않았고 가정 모훈을 항상 잘 따랐었소. 난리를 당하고도 정조를 지켰는데 왜구를 만나 그만 생명을 잃었소. 황량한 다북쑥에 몸을 의탁하여 밝은 달 피는 꽃에 그 얼마나 마음이 슬펐소. 봄바람에 접동새는 슬피 울고, 가을철 비단 부채 무정도 하였소. 지난 밤엔 님을 만나 기쁨을 얻었으니 비록 유명을 달리했을지라도 실상 운우의 즐거움을 같이하였소. 백년 해로를 꿈꾸었는데 별안간 이별이란 웬 말이오? 사랑하는 님이시여! 당신은 응당 달나라에서 난조(鸞鳥)[35]를 타고 무산(巫山)에 비를 뿌리는 선녀가 되오리다. 땅이 암암하여 돌아온다는 희망은 없고, 하늘은 막막하여 바라보기도 어렵구려. 집에 들어오면 그저 멍할 따름이고 밖에 나오면 아득하여 갈 데가 없구려. 휘장을 대할 때마다 눈물이 나고, 술을 부을 땐 더욱 마음이 아프다오. 그대의 얼굴이 보이는 듯하고, 목소리 또한 들리는 듯하오. 아,

---

33) 중국 춘추시대 월(越)나라의 미인. 34) 중국 송나라의 여류 명시인. 35) 중국 전설에 나오는 상상의 새.

슬프도다! 총명한 님이시여! 고운 님이시여! 몸은 비록 헤어졌을망정 영혼만은 남아 계실지니, 마땅히 이곳에 나타나서 이 내 슬픔을 거두어 주시오! 비록 삶과 죽음이 다를지라도 이 글월에 님의 느낌이 있을 것이라 믿소.

그 뒤 양생은 슬픔을 견디지 못해 가산과 농토를 모두 팔아 저녁마다 재를 올렸는데, 하루는 여인이 공중에 나타나 그를 불러 말했다.

"저는 당신의 은덕으로 이미 다른 나라에서 남자의 몸으로 태어나게 되었습니다. 이승과 저승의 한계는 더욱더 멀어졌사오나 당신의 두터운 은정에 깊이 감사를 드리옵니다. 당신도 이제 다시 착한 업을 닦으셔서 저와 더불어 속세의 누를 초탈하시옵소서."

양생은 그 뒤로 다시 장가를 들지 않고 지리산(智異山)에 들어가 약초를 캐면서 살았다고 하는데, 그 뒤로는 어찌 되었는지 소식을 아는 이가 하나도 없었다.

2. 이생규장전(李生窺牆傳)

1

개성(開城) 낙타교(駱駝橋) 옆에 이생(李生)이라는 총각이 살고 있었다.

나이는 열여덟 살이고 얼굴이 말쑥하며 재주가 비범하였으며, 학문에 뜻이 있어 일찍이 국학(國學)[1]에 다닐 때부터 길을 가면서도 글을 외울 정도였다.

그때 선죽리(善竹里)에는 최랑(崔娘)이라는 양가댁 처녀가 살고 있었는데 나이는 열여섯 살쯤 되었다. 그녀는 용모가 아름답고 자수에 익숙하며 시문에 능하였다.

마을 사람들이 두 사람을 찬미하기를,

풍류 재자 이 총각 아리따운 최 처녀
그 재주 그 얼굴 모든 이가 탐내네.

---

1) 탄현문(炭峴門) 안에 있었음. 곧 성균관.

이생은 책을 옆구리에 끼고 학교에 갈 때에 항상 최랑의 집 북쪽 담 밖으로 지나갔다.

하루는 이생이 그 담을 둘러싸고 있는 수양버들 그늘 밑에서 쉬다가 우연히 담 안을 엿보게 되었다. 이름 있는 꽃들이 봄을 맞아 만발하였고 벌과 새들이 노래를 부르며 꽃들 사이를 누비고 있었다. 그리고 그 사이로 자그마한 다락집이 하나 어렴풋이 보였는데 구슬 발로 반쯤 가려져 있고 비단 휘장이 낮게 드리워져 있었다. 그 속에서 어여쁜 아가씨가 수를 놓다가 바늘을 멈추고 턱을 괴고 앉아 시를 읊었다.

> 사창(紗窓)에 기대 앉아 수놓기도 느리구나.
> 활짝 핀 꽃 사이로 꾀꼬리는 지저귀는데
> 살랑이는 봄바람을 부질없이 원망하며
> 가만히 바늘 멈추고 생각에 잠기네.
>
> 저기 가는 총각은 어느 집 도련님인고.
> 푸른 옷깃 넓은 띠가 버들 새로 비치누나.
> 이 몸이 바뀌어서 대청 위의 제비 된다면
> 주렴을 살짝 걷어 담장 위를 넘으리라.

이생은 그녀가 읊은 시를 듣고 마음이 기쁨으로 넘치고 또한 흥분되어서 견딜 수가 없었다. 그러나 그 집의 문은 굳게 닫혀 있었고 담은 높았으며, 안채 또한 깊은 곳에 있어서 어찌할 도리가 없었다.

어느 날 이생은 학교에서 돌아오는 길에 한 가지 꾀를 내었다. 흰 종이 한 폭에 시를 적어서는 기와쪽에 매달아 담 안으로 던졌다.

> 무산(巫山) 열두 봉우리에 첩첩이 싸인 안개
> 반쯤 드러난 봉우리는 붉고도 푸르구나.
> 고운 님 외로운 꿈을 수고롭게 하지 마오.
> 행여나 운우(雲雨) 되어 양대(陽臺)에서 만나 보리.
>
> 사랑하는 님은 나의 심회 아오리다.
> 담 위의 붉은 복사꽃도 님보다는 못하구나.
> 호인연인가, 악인연인가? 하염없는 이 내 시름
> 황혼 가약 분명하나 어느 세월에 이룰까.

최랑이 시녀 향아(香兒)를 시켜서 그것을 가져다 보니, 이생이 보낸 시였다. 최랑은 그 시를 두 번이나 음미한 뒤 기뻐하면서 종이 쪽지에 두어 글귀를 적어서 담 밖으로 던져 주었다.

> 님이시여 의심 마소서. 황혼에 만나기를 약속합니다.

황혼이 되자 이생은 최랑의 집을 찾아갔다. 갑자기 복숭아꽃 가지 하나가 담 위로부터 휘어져 내려오는데 희미한 그림자를 드리웠다. 이생이 가만히 살펴보니 그넷줄에다 대바구니를 매어서 늘어뜨린 것이었다. 이생은 곧 그 줄을 잡고 담을 넘어 들어갔다.

그때 동산에는 달이 막 떠오르고 꽃나무 가지의 그림자가 땅에 드리워져 있었다. 이생은 무척 기쁘면서도 한편으론 탄로날까 두려워 머리카락이 곤두섰다.

그는 주위를 둘러보았다. 최랑은 꽃떨기 속에 깊숙이 파묻혀서 향아와 함께 꽃을 꺾어 머리 위에 꽂고 있었다. 그녀는 이생을 발견하고는 방긋 미소지으며 시 몇 구를 읊었다.

복숭아 가지 사이는 꽃이 피어 화려하고
원앙새 베개 위는 달빛도 곱구나.

그러자 이생이 뒤를 이어 시를 읊었다.

행여나 봄 소식이 누설된다면
무정한 비바람에 더욱 가련하리라.

2

그러자 최랑은 곧 얼굴빛이 변하면서 말했다.

"저는 도련님을 낭군님으로 모셔 영원토록 행복을 누리려 하였는데 도련님은 어찌하여 갑자기 그런 말씀을 하십니까? 저는 비록 여인의 몸이지만 이 일에 대하여 이렇게 마음이 태연한데 하물며 대장부의 의기로서 그런 염려까지 하시나이까? 후에 만일 규중(閨中)의 비밀이 누설되어 부모님께 꾸지람을 듣는다 하더라도 저 혼자 책임을 질 것이오니 염려하지 마시기 바라옵니다."

최랑이 향아에게 술과 과일을 가져오라고 하자 향아는 명을 받고 사라졌다.

그러자 온 집안이 고요하고 인기척이라고는 없었다. 이생이 이상히 여겨 최랑에게 물었다.

"이곳은 어딥니까?"

"여기는 저희 집 뒷동산의 작은 다락집 밑입니다. 저의 부모님께서는 무남독녀인 저를 유난히 귀여워하셔서 따로 연못 가운데 이 집을 지어 주셨습니다. 그래서 향아와 함께 온갖 꽃들이 만발한 봄을 즐기게 해 주신 것입니다. 부모님이 계신 곳은 여기서 멀기 때문에 비록 웃음소리가 크더라도 잘 들리지 않을 것입니다."

최랑은 이생에게 향아가 가져온 술을 권하며 시 한 편을 읊었다.

> 부용못 깊은 곳을 난간에서 굽어 보고
> 꽃다발 그 사이에서 누구누구가 속삭이나.
> 안개는 자욱하고 봄빛이 화창할 때
> 새 곡조 지어 내어 백저사(白紵詞)[2]를 부르누나.
> 꽃 그늘에 달빛 비쳐 털방석을 편 듯하고
> 긴 가지 잡고 보니 붉은 꽃비 내리도다.
> 바람은 향내 품고 향내는 옷깃에 스며
> 첫봄을 맞은 아가씨 흥겹게 춤만 춘다.
> 가벼운 옷 소매로 해당화나 스쳐 볼까

---

2) 백저가(白紵歌)의 일명. 중국 고대 시가로 일종의 사랑 노래.

꽃 사이에 졸고 있던 앵무새만 깨웠구나.

이생은 곧 서슴없이 화답하였다.

　　신선을 잘못 찾아 무릉도원에 왔구나.
　　한많은 이 정회 어찌 다 속삭일까.
　　하늘하늘 초록 적삼 새로 지어 입었는데
　　비바람 불지 마라 나란히 핀 이 꽃들에
　　소맷자락 살랑살랑 선녀가 내리신다.
　　기쁨을 다할쏘냐 시름 거듭 엿보리라.
　　함부로 새 곡조로 앵무새를 가르치랴?

이생이 읊기가 끝나자 최랑이 말했다.
"오늘의 우리 만남이 결코 작은 인연이 아니오니, 저와 함께
백년 가약의 기쁨을 맺는 것이 어떻겠습니까?"
말을 마치고 최랑은 곧 북쪽에 있는 들창을 열고 안으로 들어
갔다. 이생이 최랑의 뒤를 따라 사다리를 타고 올라가니 작은 다
락이 하나 있었다. 그곳은 문구류와 책상들이 매우 잘 정돈되어
있는 것이 서재였다. 서재 한쪽 벽에는 연강첩장도(烟江疊嶂圖)[3]
와 유황고목도(幽篁古木圖)[4] 두 폭 명화가 붙어 있었고, 그 위에
는 각각 시가 한 편씩 적혀 있었으나 누가 지은 것인지는 알 수
없었다.

---

3) 안개 낀 강 위에 첩첩이 쌓인 산봉우리를 그린 화폭.　4) 깊숙한 대밭과 고목을 그
린 화폭.

첫째 그림에는 다음과 같은 시가 씌어 있었다.

저 강 위의 첩첩 산을 어느 님이 그렸길래
구름 속 방호산(方壺山)5)은 반 봉우리 보일듯 말듯
아득하다 몇백 린가 형세도 장하구나.
소곳소곳 쪽 찐 머리 다락 앞에 펼쳐 있네.
끝없는 물결은 하늘에 닿았구나.
저문 날 바라보니 고향 산천 그립구나.
이 그림 바라볼 제 님의 느낌 어떻더냐.
상강(湘江) 비바람에 배 띄운 듯하여라.

그리고 둘째 그림에는 다음과 같은 시가 씌어 있었다.

바삭이는 대나무 잎에서 가을 소리 들리는 듯
고목 등걸은 옛 정을 품은 듯이
뿌리 깊어 이끼 끼고 가지마다 활짝 뻗어
무궁한 조화 자취 가슴 속에 간직했네.
미묘한 이 경지를 누구에게 말할쏘냐.
위언(韋偃)6) 여가(與可)7) 떠났으니 이 묘리를 뉘 알겠
는가?
갠 창(窓) 그윽한 곳 말없이 서로 보니
신기할손 님의 필법 못내 사랑하노라.

---

5) 해중(海中) 선산(仙山)의 이름. 6) 당나라의 이름난 화가. 7) 송나라 화가 문동(文
同)의 자.

3

한쪽 벽에는 사시경(四時景) 네 수가 붙어 있었는데 역시 누구의 글인지는 알 수 없었고, 글씨는 조송설(趙松雪)[8]의 것을 본받아 쓴 것으로 자체(字體)가 매우 곱고 깨끗하였다.

첫째 폭에는 이런 시가 씌어 있었다.

> 부용장(芙蓉帳) 속 깊은 향내 실바람에 나부끼고
> 창 밖의 살구꽃은 비 뿌리듯 하는구나.
> 오경 새벽 종소리에 남은 꿈 깨고 보니
> 신이화(辛夷花)[9] 깊은 곳에 백설조(白舌鳥)[10]만 우는구나.

> 기나긴 날 깊은 규중 제비는 짝을 지어 모여들고
> 수놓던 바늘 멈추고 말도 없이 앉았네.
> 다정한 저 나비는 님의 동산에 짝을 지어
> 낙화를 사랑하느냐 여기저기 날아드네.

> 얇은 추위 살랑살랑 초록 치마 스쳐가면
> 무정한 봄바람은 남의 애를 끊나니.
> 말없는 이 심정을 그 누가 알겠는가?

---

8) 원나라의 서화가 조맹부(趙孟頫). 송설은 그의 호.   9) 목련과에 속하는 낙엽 교목인 백목련(白木蓮). 일명 목필(木筆).   10) 때까치.

온갖 꽃 만발할 때 원앙새만 춤추도다.

봄빛은 완연하여 온 누리에 가득 차고
붉은빛 푸른빛이 비단창 앞에 비치누나.
방초(芳草) 우거진 곳에 외로운 시름 위로하려
수정 발 높이 걷어 지는 꽃을 헤어 보네.

둘째 폭에는 이런 시가 씌어 있었다.

참밀대엔 알 배이고 어린 제비 펄펄 날 제
남쪽 뜰의 석류꽃은 탐스럽게 피었구나.
들창에 홀로 앉아 길쌈하는 아가씨는
붉은 비단 베어서 새 치마를 짓고 있네.

매실은 무르익고 가는 비는 오락가락
꾀꼬리 울고 나서 제비마저 드날릴 제
이 봄은 간데없고 풍경조차 시드누나.
나리꽃 떨어지고 새 죽순이 고개 내미네.

살구가지 휘어잡아 꾀꼬리나 갈겨 볼까.
남쪽 창에 바람 일고 햇살 또한 더디어라.
연잎 향내 은은한 푸른 못물 가득한데
저 물결 깊은 곳에 원앙새가 노는구나.

등나무 평상 대방석에 물결처럼 이는 바람

소상강(瀟湘江) 그린 병풍 한 봉우리 구름인가?
낮꿈을 깨련마는 고달픔에 그냥 누우니
반창(半窓)에 비낀 햇살 뉘엿뉘엿 숨는구나.

셋째 폭에는 이런 시가 씌어 있었다.

쌀쌀한 가을 바람 찬 이슬을 머금었네.
달빛도 곱다만 물결 또한 파랗구나.
기러기 돌아갈 제 구슬픈 그 목소리
다시금 들으련다 금정(金井)에 지는 오동잎 소리.

상 밑에서 우는 벌레 소리 처량하고
상 위의 아가씨는 눈물겨워하는구나.
머나먼 싸움터에 몸을 던진 님이시여
오늘 저녁 옥문관(玉門關)[11]에 하얀 달빛 비치리라.

새옷을 마르려니 가위조차 차갑구나.
나직이 아이 불러 다리미를 갖고 오니
불 꺼진 다리미라 쓸 곳이 전혀 없어
가만히 피릿대로 꺼진 재를 헤쳐 보네.

연꽃은 다 피었나 파초잎도 싯누른데
원앙 그린 기와 위엔 새 서리가 젖어 있네.

---

11) 중국 감소성(甘肅省) 안서주(安西州)에 있는 관.

새 원한 묵은 시름 애달픈들 어이하리.
깊은 골방 속의 귀뚜라미조차 우는구나.

넷째 폭에는 이런 시가 씌어 있었다.

한 가지 매화가 온 창문을 가렸네.
서쪽 행랑에 바람 급하고 달빛 더욱 아름다워
화롯불 헤쳐 봐라 꺼지지 않았더냐.
아이야 여기 와서 차 좀 끓여 보려느냐.

밤 서리에 놀란 잎은 이리저리 흔들리고
돌개바람 눈을 불어 골방으로 들어올 때
그리운 님 생각은 속절없는 꿈일 뿐
머나먼 옛 전쟁터 빙하(氷河)가 어디인가.

창 앞의 붉은 해는 봄볕처럼 따스하고
근심에 잠긴 눈썹 졸음마저 뒤따르네.
병에 꽂힌 작은 매화 필듯 말듯 하건마는
수줍은 채 말도 없이 원앙새만 수놓다니.

쌀쌀한 서릿바람 북쪽 숲을 스치는데
처량한 찬 까마귀 달밤에 슬피 우네.
가물가물 등불 앞에 실 꿰기도 힘겨운데
님 생각에 솟는 눈물 바늘귀에 떨어지네.

다락 한편으로 별당이 또 한 채 있었는데 매우 깨끗하였고, 장막 밖에는 사향을 태우는 냄새가 풍기고, 촛불이 대낮처럼 환하게 밝혀 있었다. 이생은 이곳에서 최랑과 더불어 즐거움을 마음껏 누리면서 며칠 동안 유숙하였다.

그리고 어느 날 이생은 최랑에게 말했다.

"옛 성인의 말씀에 '어버이 살아 계시면 집을 나갈 때는 반드시 가는 곳을 말씀드려야 한다'고 하셨습니다. 그런데 나는 집을 떠나온 지 벌써 사흘이 지났습니다. 부모님께서 응당 문을 여시고 나를 기다리실 것이오니 어찌 자식된 도리라 하겠소"

그 말을 듣고 최랑은 이생이 돌아가는 것을 응낙하였다.

4

그 후 이생은 저녁마다 최랑을 만나러 왔다. 어느 날 저녁 이생의 아버지가 아들에게 꾸지람을 하였다.

"네가 아침 일찍 집을 나갔다가 날이 저물어서 돌아오는 것은 옛 성인의 참된 말씀을 배우려 함인데, 이제는 황혼에 나가서 새벽에 돌아오니 도대체 어찌된 까닭이냐? 아무래도 못된 행실을 배워서 남의 집 담장을 뛰어넘어 다니는 것 같구나. 만약 이런 일이 세상에 알려진다면 사람들은 모두 내가 자식을 잘못 가르쳤다고 책망할 것이요, 그 처녀도 만일 양반집 규수라면 너 때문에 문호(門戶)를 더럽힐 것이니, 결국 너는 남의 집에 죄를 짓게 되는 것이다. 그러니 하루라도 빨리 영남 농촌으로 내려가 일꾼을 데리고 농삿일이나 감독하거라. 그리고 내 명령이 있기 전에는 절대로 올라와서는 안 된다."

이튿날 이생은 바로 울주(蔚州)[12]로 내려가게 되었다.

한편 최랑은 매일 저녁마다 화원에서 이생을 기다렸으나 두서너 달이 지나도록 그의 그림자도 보이지 않았다. 최랑은 혹시 그가 병이 나 몸져누워 있는 것은 아닌가 하고 향아를 시켜서 이생의 이웃 사람에게 몰래 물어 보게 하였다. 그러자 이웃 사람들은,

"이 도령은 아버지께 꾸지람을 듣고 영남 농촌으로 내려간 지 벌써 여러 달이 되었지요."

하고 말하였다.

이 말을 전해 들은 최랑은 병이 나서 몸져누워서는 일어나지 못했다. 그러고는 음식도 먹지 않고 말도 하지 않았으며 얼굴은 점점 초췌해졌다.

그녀의 부모는 놀라서 병의 증세를 물었으나 그녀는 아무런 말도 하지 않았다. 그러다가 어느 날 우연히 옆에 있는 대바구니를 들추다 딸이 이생과 서로 주고받은 시를 보고는 그제야 무릎을 치면서 말했다.

"아아, 잘못하였으면 귀중한 딸을 잃을 뻔했구나."

그들은 곧 딸에게 물었다.

"도대체 이생이란 사람이 누구냐? 솔직히 말해 보거라."

일이 이쯤 되자 최랑은 더 이상 숨길 수 없었다. 그녀는 목소리를 간신히 내어 부모님께 솔직히 말씀드렸다.

"은혜 높으신 아버님 어머님께 어찌 추호인들 숨기겠습니까?

---

12) 지금의 경남 울산의 옛이름.

가만히 생각해 보니 남녀간의 애정은 인간으로서는 어쩌지 못할 일입니다. 그러므로 옛글에도 이에 대한 찬미나 우려의 말씀이 한두 가지가 아니었습니다. 저는 연약한 몸으로 나중 일을 생각 지도 못하고 이런 과오를 범하여 방탕한 행실로써 남들의 비웃음을 사게 되었습니다. 그리고 그 죄의 수치스러움이 부모님께 미치기에 이르렀습니다. 도련님과 헤어진 후로 원한이 쌓여 쓰러진 연약한 몸은 맥없이 홀로 있으니, 날이 갈수록 더욱 그립고 병세는 점점 위중하여서 마침내 몸져눕게 되었습니다. 원하옵건대 부모님께서 제 소원을 이루게 해 주신다면 남은 목숨을 보전하게 될 것이옵고, 그렇지 않으면 비록 죽어서 저승에서 도련님을 따를지언정 맹세코 다른 집안에는 시집가지 않겠나이다."

최랑의 부모는 딸의 뜻을 충분히 헤아리고 다시는 병의 증세도 묻지 않고 마음을 달래어 안정시켰다.

그리고 중매의 예를 갖추어 중매인을 이생의 집으로 보내었다. 이생의 아버지는 먼저 최씨의 문벌(門閥)을 물은 뒤에 말했다.

"비록 우리 아이가 나이 어리고 정분이 났다 하여도 학문에 정통하고 풍채가 유다르오. 장차 대과에 급제해서 세상에 이름을 떨칠 것이니 급하게 혼사를 정할 생각은 없소."

중매인이 돌아와 이 말을 전하니 최랑의 아버지는 다시 중매인을 이생의 집에 보냈다.

"들리는 말에 의하면 귀댁의 도령은 재주가 남달리 뛰어나다고 합니다. 비록 지금은 몹시 곤궁할지라도 장래엔 반드시 현달(顯達)할 거라고 믿습니다. 제 여식 또한 결코 남에게 뒤지지 않는 지혜와 용모를 지녔으니 그들의 혼인을 이루게 함이 어떻겠습니까?"

중매인이 이 말을 이씨에게 고하니 이씨가 말했다.

"나도 어려서부터 학문을 연구하였으나 나이가 들어도 업을 이루지 못하였습니다. 노비들은 흩어지고 친척들도 도와 주지 않아 삶이 곤궁한 처지인데 지체 높은 댁에서 도대체 무엇을 보고서 볼품없는 집안의 자식을 사위로 삼겠소? 아마도 일을 벌이기 좋아하는 이가 우리 문벌을 과장되게 소개하여 귀댁을 속이려는 것이 아니겠소?"

중매인이 다시 돌아와 최씨에게 알리자, 최씨는 또다시 그를 이씨에게 보냈다.

"혼인에 필요한 모든 예물과 의장(衣裝)은 전부 저희가 담당할 것이오니, 다만 좋은 날을 택해 화촉의 예를 올리는 것이 어떻겠습니까?"

마침내 이씨는 최씨의 간절한 요청에 마음을 돌려서 사람을 울주에 보내 아들을 데려오게 하였다.

이생은 기쁜 마음을 억제치 못하여 시를 지어 읊었다.

> 깨진 거울 합쳐지니 이 또한 인연이라
> 은하의 오작인들 이 가약을 모를까?
> 이제서야 월로승(月老繩)[13]을 굳게굳게 매게 되니
> 살짝 부는 봄바람에 접동새를 원망하랴.

오랫동안 이생을 그리워하던 최랑은 기쁜 소식을 듣고는 병이 점점 나아 기쁨의 시를 읊었다.

---

13) 남녀의 인연을 맺어 준다는 월하노인(月下老人)이 지닌 주머니의 붉은 끈.

악인연이 호인연되어 옛날 맹세 이루련다.

어느 때 님과 함께 작은 수레 끌고 갈까.

아이야 날 일으켜라 꽃비녀를 정리하리.

그 후 두 사람은 길일을 잡아 곧 혼례를 치렀다. 이로써 부부
가 되니 이들의 서로 사랑하고 공경함은 비록 옛날의 양홍과 맹
광이라도 따를 수 없을 정도였다.

혼례한 이듬해에 이생은 대과에 급제하여 높은 벼슬에 올라
이름을 세상에 떨쳤다.

신축년(辛丑年)14)에 홍건적(紅巾賊)15)이 서울을 점령하였는데
임금은 난리를 피하여 복주(福州)16)로 갔다. 오랑캐들은 건물을
파괴하고 사람을 죽이고 가축을 잡아먹으니 가족과 친척들이 동
서로 흩어지게 되었다.

이때 이생은 가족과 함께 산골에 숨어 있었는데, 오랑캐 하나
가 칼을 들고 뒤쫓아 왔다. 이생은 겨우 도망하여 목숨을 구했으
나 최랑은 오랑캐에게 잡혀 정조를 빼앗길 위기에 직면하였다.
그러자 오히려 최랑은 크게 노하여 그를 꾸짖었다.

"이 창귀(倀鬼)놈아! 나를 범하려고 하느냐. 내가 차라리 죽어
서 이리의 밥이 될지언정 어찌 돼지 같은 놈에게 이 몸을 더럽히
겠느냐."

이에 노한 오랑캐는 그녀를 무참하게 죽여 버렸다.

---

14) 고려 공민왕 10년(1361). 15) 붉은 수건으로 머리를 싸맨 반군. 16) 지금의 경북 안동.

5

이생은 황야를 헤매고 다니며 겨우 생명을 보전하다가 오랑캐들이 소탕되었다는 소식을 듣고 고향으로 돌아왔다. 그런데 자기의 집은 이미 전쟁중의 화재로 인해 불타 없어졌으며, 최랑의 집역시 황폐하여 그 주위에 다만 쥐들이 우글거리고 새들의 울음소리만 들릴 뿐이었다.

이생은 너무나 슬픈 심정으로 작은 다락 위에 올라가 눈물을 삼키며 날이 저물 때까지 즐거웠던 옛일을 회고하며 우두커니 앉아 있었다. 모든 게 한바탕 꿈만 같았다.

밤중이 되어 달빛이 희미하게 밝아 오자 복도에서 발걸음 소리가 점점 가깝게 들려 오는 것이었다. 이생이 깜짝 놀라 소리나는 쪽을 보니 사랑하는 아내 최랑이 와 있었다.

이생은 최랑이 죽은 것을 분명히 알고 있었으나, 사랑하는 마음에 반가움이 앞서 의심하지 않고 물었다.

"당신은 어디에 피해 있었길래 생명을 보전하였소?"

최랑은 이생의 손을 잡고 통곡을 하더니 말했다.

"저는 양반집의 딸로 태어나 어릴 때에 모훈(母訓)을 받아 수놓는 일과 침선(針線)에 힘썼고, 시서(詩書)와 예의를 배웠기 때문에 규중의 예법을 잘 알고 있었습니다. 그러나 그 외의 다른 일은 잘 알지 못하였습니다. 그런데 어느 날 당신이 복사꽃 핀담 위를 엿보셨습니다. 그때 저는 스스로 벽해(碧海)의 구슬을 드려 꽃 앞에서 한번 웃고 평생의 가약을 맹세했습니다. 또한 깊은 휘장 속에서 당신을 거듭 만나면서 정이 백 년을 넘쳤습니다. 여기까지 말을 하고 나니 슬프고 부끄러운 마음 금할 길이 없습니다. 장차 당신과 더불어 해로하려 하였건만 뜻밖의 재앙을 당하고 보니 원통하기 짝이 없습니다. 놈에게 정조를 빼앗기지는 않았으나 육체는 진흙탕에서 찢겨져 사방에 흩어졌사옵니다. 절개는 중하고 목숨은 가벼워 육체는 들판에 던져졌으나 혼백을 의탁할 곳이 없었습니다. 아무리 옛일을 돌이켜 한탄한들 어찌하겠습니까? 당신과 그날 골짜기에서 이별한 뒤 저는 속절없이 한 마리 짝 잃은 새가 되었던 것입니다. 이제 저의 환신(幻身)은 봄빛이 깊은 골짜기에 돌아왔습니다. 저는 이승에 다시 태어나서 당신과의 남은 인연을 맺어 옛날의 굳은 맹세를 지키려 하는데 당신 생각은 어떠하십니까?"

이생은 매우 기쁘고 고맙게 여기며 대답했다.

"그것은 내가 진실로 소원하던 바요."

그리고는 두 사람은 그 동안의 일을 정겹게 이야기하였다. 이생은 물었다.

"가산은 모두 어떻게 되었소?"

"조금도 잃지 않고 어떤 골짜기에 묻어 두었습니다."

"양가(兩家) 어버이의 유골은 어찌 되었소?"

"어쩔 수 없이 어떤 곳에 그냥 버려 두었습니다."

둘은 쌓였던 이야기를 끝내고 함께 잠자리에 드니 그 정은 옛날과 조금도 다를 바 없이 즐거웠다.

그리고 이튿날 그들은 재물을 묻어 둔 곳으로 가서 그곳에서 금은 재보를 찾고, 또 부모의 유골을 거두어 오관산(五冠山) 기슭에 합장하였다.

장례를 치른 뒤 이생은 벼슬을 사직하고 최랑과 서로 극진히 사랑하여 함께 사니, 뿔뿔이 흩어졌던 노복도 다시금 모여들었다.

이생은 세상 모든 일을 다 잊고 지냈다. 친척이나 친구와도 전혀 접하지 않고 길흉 대사도 모두 제쳐놓고 문을 굳게 닫아 건 채 최랑과 함께 시를 지어 주고받으며 즐거이 지냈다. 그렇게 몇 년의 세월이 흘렀다.

어느 날 저녁에 최랑은 이생에게 말했다.

"세상이 덧없음에 세 번째의 가약도 이제 머지않아 다하게 되오니 한없는 이 슬픔을 어떻게 합니까?"

"그게 무슨 말이오?"

"저승길은 피할 수가 없는 것입니다. 저와 당신은 천연(天緣)이었고 또한 전생에 아무런 죄악도 없으므로 하느님께서 이 몸이 잠깐 당신과 만나는 것을 허락하셨던 것입니다. 하지만 오랫동안 인간 세상에 머물면서 산 사람을 유혹할 수는 없는 일입니다."

이야기를 마치더니 최랑은 향아에게 술과 과일을 가져오게 하고는 옥루춘(玉樓春)[17] 한 가락을 부르며 이생에게 술을 권하였다.

> 난리 풍상 몇 해인가 보기에도 처참해라.
> 꽃은 흩어지고 원앙은 짝 잃었네.
> 흩어져 뒹구는 해골 그 누가 묻어 주리.
> 피투성이 된 혼은 하소연도 할 곳 없네.

---

17) 사패명(詞牌名).

슬프다 내 신세 비구름 되려는가
깨진 거울 이제 다시 거듭 나누려니
이제 이별하면 만날 날 아득하여
망망한 천지 사이 소식조차 막히리라.

노래를 부르는 동안 최랑은 눈물에 목이 메어 곡조를 거의 이루지 못하였다. 이생도 슬픔을 이기지 못하며 말했다.

"차라리 나도 당신과 함께 저승으로 갈지언정 어찌 홀로 남아 무료하게 여생을 보내겠소? 난리통에 친척들과 노복이 뿔뿔이 흩어지고 돌아가신 부모님의 유골이 들판에 버려졌건만 당신이 아니었다면 어찌 장사라도 지낼 수 있었겠소? 옛 성인의 말씀에 '어버이 살아 계실 적에 예로써 섬길 것이며 돌아가신 후에도 예로써 장사 지내야 한다' 하였습니다. 이제 당신 덕분에 모두 실천하였으니 내 감사의 뜻을 아끼지 않는 바이오. 아무쪼록 당신은 인간 세상에 오래도록 살아 백년의 행복을 함께 누린 뒤에 나와 같이 이 세상을 떠나는 것이 어떻겠소?"

"당신의 수명은 아직 많이 남았고 저는 이미 귀신의 명부(名簿)에 실렸사옵니다. 만약 인간 세상에 미련을 가져 저승의 법령을 위반한다면 저에게만 죄과가 미치는 것이 아니라 당신에게도 누가 미칠 것입니다. 저의 바람은 단지 제 유골이 아직 들판에 버려져 있사오니, 은혜를 베푸시어 유골을 거두어 주시면 더 이상 원이 없겠습니다."

두 사람은 서로 부둥켜안고 울었다. 그리고 잠시 후 최랑의 육체는 점점 희미해지더니 마침내 사라져 버렸다.

이생은 최랑의 말대로 유골을 거두어 부모의 묘 옆에다 장사

지내 주었다. 그 후 이생은 아내를 너무 그리워한 나머지 병이
나서 몇 개월 만에 세상을 떠나고 말았다.

　이 이야기를 들은 이들은 모두 감탄하며 그들의 아름다운 절
개를 칭찬하지 않는 이가 없었다.

3. 취유부벽정기(醉遊浮碧亭記)

1

평양(平壤)은 옛날 조선의 서울이었다. 은(殷)을 정복하고 주 (周) 무왕(武王)이 기자(箕子)를 방문하자, 기자가 홍범 구주(洪範 九疇)[1]의 법을 일러 주었으므로 무왕은 기자를 조선에 봉하였으 나 신하로 삼지는 않았다.

이곳의 명승 고적으로는 금수산(錦繡山), 봉황대(鳳凰臺), 능라 도(綾羅島), 기린굴(麒麟窟), 조천석(朝天石), 추남허(楸南墟) 등이 있는데, 영명사(永明寺)의 부벽정(浮碧亭)도 그 중 하나이다.

영명사는 고구려 동명왕(東明王)의 구제궁(九梯宮)이었다.

이 절은 성 밖 동북쪽으로 20리쯤 되는 곳에 있는데, 굽이굽이 흘러가는 긴 강[2]이 옆으로 바라다보이고 앞으로는 끝없는 평원 이 펼쳐져 있으니, 참으로 뛰어난 경치였다.

날이 저물면 그림 같은 상선(商船)들이 대동문(大同門) 밖에

---

1) 서경(書經)의 홍범에 기록되어 있는, 우(禹)가 정한 정치 도덕의 아홉 원칙. 2) 대 동강을 가리킴.

있는 유기(柳磯)에 정박하고, 사람들은 으레 강물을 따라 올라와 이곳을 구경하곤 하였다.

부벽정 남쪽에는 돌로 된 사닥다리가 있는데, 왼쪽에는 청운제(青雲梯), 오른쪽에는 백운제(白雲梯)라는 글자가 새겨진 화주(華柱)[3]가 세워져 있어 구경꾼들의 흥미를 끌었다.

정축년(丁丑年)[4]에 개성에는 비록 나이는 어리나 얼굴이 아름답고 글을 잘하는 부호의 아들 홍생(洪生)이 있었다. 그는 8월 한가윗날을 맞아 면사(綿絲)를 사려고 친구들과 함께 평양장에 포백(布帛)[5]을 싣고 와서 강가에 배를 대었다. 성중(城中)에서 구경 나온 기생들이 홍생을 보고는 모두 그에게 추파를 던졌다.

성중에는 홍생의 친구 이생(李生)이 살고 있었는데 그는 술자리를 벌여 홍생을 환영하였다. 술이 취한 홍생은 배로 돌아갔으나 밤 바람이 서늘하여 잠이 오지 않았다. 그는 문득 옛날 당(唐)나라의 시인 장계(張繼)가 지은 〈풍교야박(楓橋夜泊)〉[6]의 시를 연상하고는 맑은 흥취를 진정하지 못하였다. 홍생은 작은 배를 타고 달빛을 가득 실은 채 노를 저어서 강을 따라 거슬러 올라가 부벽정 밑에 이르렀다.

홍생은 뱃줄을 갈잎에 매어 두고 사닥다리를 밟고 올라가 난간에 기대 앉아 시를 낭랑히 읊었다.

이때 달빛은 환하게 내려다보고 물결은 흰 비단처럼 출렁이고 있었다. 그리고 청학과 기러기의 울음소리가 그 위에 어우러지자

---

3) 망주석(望柱石)처럼 생긴 돌기둥. 4) 세조 2년(1457). 곧 단종이 승하(昇遐)한 해. 5) 베와 비단. 6) 〈풍교야박(楓橋夜泊)〉의 시 ── "月落烏啼霜滿天 江楓漁火對愁眼 姑蘇城外寒山寺 夜半鐘聲到客船"

마치 하늘 위 옥황 상제가 계신 곳에 와 있는 듯하였다. 한편 옛 서울을 돌아보니 내를 낀 외로운 성에 물결만 철썩거릴 뿐이었다. 그는 고국(故國)[7]의 흥망을 탄식하며 여섯 수의 시를 계속해서 읊었다.

> 부벽정 높은 곳에 홀로 올라 시 읊으니
> 강물의 흐느낌은 애끊는 듯하여라.
> 고국이 어디인가 영웅은 간 곳 없고
> 황성(荒城)은 지금도 봉황의 얼굴이라.
> 모래에 달빛 스며 기러기는 갈 길 잃고
> 숲속에 내 걷히어 반딧불만 날고 있네.
> 세상은 변하여 풍경조차 쓸쓸하다.
> 한산사(寒山寺)[8] 깊은 곳에 종소리만 은은하네.
>
> 님 계신 구중 궁궐 가을 풀만 쓸쓸하고
> 높은 바위 구름길은 갈수록 아득하다.
> 청루(靑樓)는 어디 있나 자취조차 없구나.
> 담 너머 희미한 달 까마귀만 우지진다.
> 풍류는 간 데 없고 진토만 남았도다.
> 적막한 성에는 가시만 덮여 있네.
> 물결 소리만 변함없이 울면서
> 밤낮으로 쉬지 않고 바다로 향하누나.

---

7) 옛나라. 여기서는 고구려를 가리킴. 8) 중국 강소성(江蘇省) 소주부(蘇州府) 풍교진 (楓橋鎭)에 있는 절. 장계의 〈풍교야박〉의 시에서 인용한 것. 여기서는 영명사를 가리킴.

대동강 굽이굽이 쪽빛처럼 푸르른데
슬프다 천고의 흥망 한한들 어이하리.
우물에 물 마르고 담쟁이만 드리웠고
돌담엔 이끼 낀 채 능수버들 늘어졌네.
타향의 좋은 풍월 한없이 시를 읊고
정든 고국 생각에 술이 건들 취하누나.
달빛은 밝은데 잠조차 오지 않고
계수나무 밤 깊은데 매운 향기 풍겨 온다.

한가위 저 달빛은 곱고도 고운데
외로운 옛 성터는 볼수록 슬프도다.
기자묘(箕子廟) 뜰 앞에는 큰 숲이 우거지고
단군 모신 사당 벽에는 담쟁이가 얽혔네.
영웅은 어디 갔나 자취조차 없고
초목만 듬성듬성 몇 해나 되었더냐.
옛날이 그리워라 둥근 달만 남았구나.
맑은 빛이 흘러내려 객의 옷에 비치네.

동산에 달 떠오니 까막까치 나는구나.
깊은 밤 찬 이슬은 나의 옷을 적시누나.
천 년의 문물은 옛 모습 간 데 없고
산천은 변하여서 허물어진 성뿐이라.
하늘에 오르셨는가 님은 아니 돌아오니
인간에 끼친 얘기 무엇으로 증거하리.

금수레 준마 타고 가신 자취 아득한데
풀 우거진 옛길 위에 스님 홀로 가는구나.

찬 이슬 내리니 온갖 초목 다 지겠다.
청운교 백운교가 우뚝우뚝 솟았구나.
수나라 사졸 넋은 여울에서 구슬피 우는데 [9)]
가을 매미 울음소리는 동명왕의 넋이런가.
그 님 다니던 길은 수레 소리 간 데 없고
푸른 솔 우거진 곳 종 소리만 처량하다.
높이 올라 시 읊어도 화답할 이 없는데
맑은 바람 흰 달빛에 흥만 겨워하노라.

   홍생은 시를 읊고 난 뒤 일어나 춤을 추기 시작하였다. 한 구절
을 읊을 때마다 슬픈 정감을 억제하지 못하였으므로, 비록 퉁소
와 노래의 유창한 화답은 없더라도, 그 구슬픈 운율은 깊은 물에
잠긴 용을 춤추게 하고 외로운 배에 있는 과부를 울릴 정도였다.
   어느덧 밤이 깊어 그가 돌아가려고 생각했을 때에는 이미 사
경이 가까운 시각이었다. 그때 서쪽에서 문득 사람의 발걸음 소
리가 들려 왔다.
   '아마 내가 시 읊는 소리를 듣고 절에 있는 스님이 찾아오는
것이겠지?'
   홍생이 속으로 이렇게 생각하며 앉아 있는데 뜻밖에도 아름다
운 한 여인이 나타났다.

---

9) 수양제(隋煬帝)의 수십만 대군이 고구려 을지문덕에게 패한 고사.

그 여인을 두 명의 시녀가 좌우에서 모시고 따르는데, 한 사람은 옥 파리채[10]를 들었고 다른 사람은 비단 부채를 들고 있었다. 여인의 단정하고 엄숙한 몸가짐이 양반댁 처녀 같았다.

홍생은 뜰 아래로 내려가 담 틈에 비껴 서서 그들을 엿보았다. 여인은 남쪽 난간에 기대 서서 달빛을 바라보며 고운 목소리로 나지막이 시를 읊는데, 그 풍류와 기상이 매우 얌전했다. 시녀가 비단 방석을 펴자 여인은 낭랑한 목소리로 말했다.

"이곳에서 방금 시를 읊던 분은 갑자기 어디로 가셨을까? 나는 귀신이나 요물이 결코 아닌데. 단지 아름다운 밤을 맞이하여 구름 없는 하늘에는 달이 둥실 떴고 은하수 맑디맑으며 백옥루(白玉樓) 차디찬데 계수 그림자 비낀 이때, 술 한 잔에 시 한 수로 그윽한 회포를 풀며 이 밤을 보내면 얼마나 좋을까?"

2

숨어서 이 말을 엿들은 홍생은 한편으론 기뻤지만, 다른 한편으로는 두렵기도 하여 어떻게 할까 망설이다가 곧 헛기침을 하였다. 그 소리를 듣고 여인은 곧 시녀를 그에게 보내었다.

"저희 아가씨의 명령을 받들어 모시러 왔습니다."

홍생은 시녀를 따라서 여인의 앞에 가 절을 하고 무릎을 꿇고 앉았다. 여인은 별로 공손한 태도도 보이지 않고 말했다.

---

10) 불자(拂子). 말꼬리 얼룩소 꼬리털을 묶어 자루를 단 것으로 던져 장애를 물리치는 표지로 씀.

"그대로 이리 올라오시오."

그리고 시녀를 시켜서 낮은 병풍으로 앞을 가리게 하였으므로 단지 얼굴 반쪽만 서로 보일 정도였다.

여인이 조용히 말했다.

"아까 그대가 읊은 시는 무엇을 의미하는 것입니까? 다시 한 번 들려 주십시오."

홍생은 그 시를 다시금 읊었다. 여인은 웃으면서 말했다.

"그대와 더불어 가히 시를 논할 만하구려."

여인은 곧 시녀를 시켜서 이미 차려진 술과 산해진미를 권하는데 모든 음식이 인간의 것과 같지 않았다. 음식은 너무나 딱딱하여 씹을 수가 없었고 술맛 역시 쓰기만 하여 마실 수가 없었다.

여인은 빙긋이 웃으면서 시녀에게 말했다.

"속세의 선비가 어찌 백옥례(白玉醴)[11]와 홍규포(紅虬脯)[12]의 맛을 알리요. 얘야, 빨리 신호사(神護寺)[13]에 가서 밥을 조금만 얻어 오너라."

시녀가 명을 받아 가더니 눈 깜짝할 사이에 밥을 가져 왔으나 반찬이 없었다. 여인은 또 시녀를 시켜 주암(酒巖)[14]에 가서 얻어 오게 하였더니 얼마 안 되어서 잉어적을 가지고 돌아왔다.

홍생이 그 음식을 먹는 동안 여인은 홍생의 시에 화답하는 시를 계전(桂箋)에 써서 시녀를 시켜 홍생에게 전했다.

　　　　오늘 저녁 부벽정 달빛은 더욱 밝고

---

11) 선인이 마시는 단술.　12) 용육(龍肉)으로 만든 포(脯).　13) 평양부 서남쪽 4리 창관산(蒼觀山)에 있는 절.　14) 평양부 동북쪽 10리에 있음.

그대의 맑은 애기 감개도 무량하다.
푸른 나무빛은 일산(日傘)처럼 펼쳐 있고
고요히 이는 강물은 흰 비단을 두른 듯
세월의 흐름은 비조(飛鳥)같이 빠르거늘
세상은 속절없이 물결처럼 흘러가고
지금의 깊은 정회(情懷) 뉘라서 알쏘냐.
깊은 숲 풍경(風磬) 소리 은은히 들려 오네.

옛 성을 바라보니 대동강이 여기구나.
푸른 물결 흰 모래 울어 예는 저 기러기
준마는 오지 않고 고운 님 여읜 뒤에
퉁소 소리 끊어지고 무덤만이 남았구나.
갠 산에 비 오려나 내 시(詩)는 이미 이루었네.
외로운 절은 고요한데 술 한잔에 건들 취해
술 속에 빠진 동타(銅駝)[15] 가련하여 어찌 볼까.
몇천 년 묵은 자취는 뜬구름이 되었구나.

슬피 우는 저 소리는 쓰르라미 소리로다.
높은 정자 오르니 생각조차 아득하다.
비 그치고 구름 끼어 옛 일이 슬프도다.
떨어진 꽃 흐르는 물에 세월을 느끼네.
가을이 깊어가매 밀물 소리 더욱 비장하고
물에 잠긴 저 누각엔 달빛마저 처량하다.

---

15) 구리로 만든 낙타(駱駝).

이곳이 정녕코 옛날의 번화가인가?
거친 성 늙은 나무 남의 애를 끊는구나.

금수산(錦繡山) 앞이러냐 아름다운 이 강산
단풍은 붉게 물들어 옛성을 비춰 주네.
가을 밤 다듬질 소리 어디선가 들려오고
배 저어라 한 곡조에 고깃배 돌아오네.
바위에 기댄 고목 담쟁이는 얽혀 있고
숲 속에 누운 빗돌 푸른 이끼 끼었구나.
조용히 난간에 앉아 옛일을 생각하니
달빛과 파도 소리 슬픔을 자아내네.

성긴 별은 몇 개냐 하늘에 속삭이고
은하수 맑고 엷어 달빛 더욱 밝을세라.
번화로운 옛일은 한바탕 꿈이구나.
저승을 기약하랴 이승에서 만나 보세.
술 한잔 가득 부어 취해 본들 어떠하리.
풍진(風塵)의 삼척검(三尺劍)을 마음에다 둘쏘냐.
만고의 영웅들도 한 줌 흙으로 돌아갔으니
세상에 남은 것은 헛된 이름뿐이로다.

이 밤이 어찌 됐나 밤은 이미 깊었구나.
담장 위에 걸린 달은 오늘 밤도 둥글건만
세속을 벗어난 님은 어찌 하려는고.
한없는 즐거움을 나와 함께 누려 보세.

강 위의 누각에서 사람들은 흩어지고
뜰 앞의 나무에는 이슬 듬뿍 맺혀 있네.
어느 때에 서로 거듭 만나려나 물으면
봉래산 복숭아 익고 푸른 바다 마르는 그때.

홍생은 그 시를 읽고 매우 기뻐했으나 혹시나 여인이 빨리 돌아갈까 봐 염려되어 이야기를 걸어 만류하려 하였다.

"미안하지만 당신의 성씨(性氏)와 가문에 대해서 알고 싶으니 말씀해 주시기를 바랍니다."

"저는 옛날 은왕(殷王)의 후예로 기씨(箕氏)의 딸입니다. 나의 선조 기자(箕子)님께서는 처음 이 땅에 오셔서 모든 예법과 정치를 한결같이 성탕(成湯)님의 유훈에 따라 팔조(八條)의 금법(禁法)을 세웠고, 오래도록 그 문화가 빛났습니다. 그런데 갑자기 국가와 민족이 비운에 빠져, 나의 선고(先考) 준왕(準王)께서는 필부의 손에 패하여 드디어 국가를 잃게 되었습니다. 위만(衛滿)이 틈을 타서 왕위를 차지하였으므로 나 같은 약질은 어지러운 때를 당하여 스스로 절개를 지키기로 맹세하고 죽기만 기다렸습니다. 그런데 문득 거룩한 선인(仙人)이 나타나셔서 나를 어루만지면서 하시는 말씀이 '내 본디 이 나라의 시조(始祖)로서, 임금의 자리를 누린 뒤에 바닷속 섬에 들어가 선인이 된 지 벌써 수천 년이 되었느니라. 너는 나와 함께 상계(上界)에 올라가 즐겁게 지내는 것이 어떻겠느냐?' 하시기에 곧 그러겠다고 하였습니다. 그분은 나를 데리고 자기가 살고 있는 곳에 이르러 별당을 지어 나를 살게 하시고, 또 나에게 삼신산(三神山)의 불사약(不死藥)을 주셨습니다. 그 약을 먹고 나니 갑자기 몸이 가벼워지고 기운이 솟아서, 공중에 높이 떠서 우주를 굽어보며 천하의 명승지를 빠짐없이 유람하였는데, 어느 날 가을 하늘이 맑고 유난히 밝았으므로 별안간 멀리 가고 싶다는 생각을 하게 되었습니다. 그리하여 마침내 달나라에 올라가서 광한 청허지전(廣寒淸虛之殿)[16]을 구경한 후 수정궁(水晶宮) 안으로 가 항아를 방문하였습니다. 항아는 내 절개가 곧고 글월에 능통함을 칭찬하여 이르기를 '인간 세상도 명승지가 없지 않으나 세상이 어지럽고 소란하니, 어찌 하늘나라에 올라 흰 난조를 타고 계수나무 맑은 향내를 맡으며 옥경(玉京)[17]에서 노닐고 은하수에서 목욕하는 것과 같을 수 있겠느냐?' 하고는 즉시 향안(香案)[18]의 시녀로 하여금 양쪽에서 나를 받들게 하니 그 기쁨은 이루 다 말할 수 없었습니다. 그런데 오늘 저녁에 갑자기 고국 생각이 간절하여 인간 세계를 내려다보니, 산천은 변함이 없으나 사람들은 간 데 없고 밝은 달빛은 전장의 흔적을 덮었고 찬 이슬은 대지에 쌓인 먼지를 씻어 주었으므로 옥경을 하직하고 내려와 조상님 무덤을 배알한 후 시름을 달래려고 부벽정에 올랐습니다. 그런데 마침 당신을 만나고 보니 한없이 기쁘기도 하고 또한 부끄럽기 짝이 없습니다. 둔한 재주에 붓을 들어, 당신의 아름다운 시에 부끄럽지만 마음 속에 품은 생각을 대충 표현하여 화답까지 하였습니다."

---

16) 월궁(月宮). 17) 옥황 상제가 산다는 하늘나라의 서울. 18) 옥황 상제 앞에 놓인 향로안(香爐案).

3

홍생은 머리를 숙여 절을 하고는 말했다.

"저는 한낱 속세의 어리석은 백성으로서 초목과 함께 썩음이 마땅하온데, 어찌 갸륵하신 선녀님과 시를 창수하리라고 꿈엔들 기약하였겠습니까? 그리고 인간의 것을 청산하지 못했으므로 주시는 음식도 먹지 못했지만 다만 글은 조금 알고 있으므로 내려주신 시를 이해하였사오니, 다시 '강정추야완월(江亭秋夜玩月)'로 제목을 삼아 시 한 편을 지어 저에게 가르쳐 주시면 어떻겠습니까?"

이에 여인이 곧 붓을 적셔 쓰는데 마치 구름과 내가 서로 찬란히 얽힌 듯하였다.

> 부벽정 달 밝은 밤 높은 하늘 고운 이슬 내려
> 맑은 빛 흐르는 양 은하수도 잠겼어라.
> 희디흰 삼천리요 아리따운 십이루(樓)[19]라.
> 구름 한 점 없고 맑은 하늘 두 눈에 닿네.
> 흐르는 강물 위에 배는 홀로 떠 가고
> 선창(船窓)도 엿보면서 갈꽃 물가 비쳐 주네.
> 예상곡(霓裳曲)[20]을 들으려나 옥도끼로 깎았던가.
> 금조개로 집을 짓고 탑 그림자 비꼈구나.

---

19) 신선이 사는 곳. 20) 악곡명. 예상우의곡(霓裳羽衣曲)의 약어(略語).

지미(知微)[21]와 구경하고 공원(公遠)[22]과 놀아 보세.
달빛 차니 까치는 놀라 날고 오(吳)의 소는 헐떡인다.[23]
푸른 산에는 달빛이 은은하고 바다 위에는 달빛이 환하다.
님과 함께 거닐리라 주렴 고리 높이 걸곤
오강(吳剛)은 계수 깎고[24] 이백(李白)이 술잔 멈춰[25]
찬란한 비단 병풍 수놓은 휘장 치고
보배 거울 걸려 있고 얼음 바퀴 구를 때
금물결은 묵묵하고 은하수는 유유하네.
금두꺼비 베려나 옥토끼를 사냥할 때
먼 하늘에 비 개고 좁은 길에는 내 녹았네.
우뚝 솟은 나무 헌함(軒檻) 아래 깊은 못물 굽어보고
먼 길에 갈 곳 잃고 고향 친구 만났도다.
좋은 시 주고받으며 이름난 술 가득 부어
광음을 아끼며 취하도록 마셔 보세.
화로 속의 까만 숯불 게 끓이는 쟁개비라
용봉탕을 맛보려나 항아리에 가득 찼네.
외로운 솔엔 학이 울고 네 벽에는 귀뚜라미
높은 상에 말 끝나면 먼 물가에 놀아 보세.
황폐한 성에 우는 잎은 소슬하고
붉은 단풍 누런 갈대는 쓸쓸하기 그지없네.
선경(仙境)은 영원하고 속세간(俗世間)은 세월 빨라

---

21) 당의 술사 조지미(趙知微)가 완월(玩月)하던 전설. 22) 당의 술사 나공원(羅公遠).
23) 오나라의 소는 달을 보고도 태양인가 하여 헐떡인다 함. 24) 오강이 월중(月中)의
계수를 깎는다는 전설. 25) 이백의 〈파주문월시(把酒問月詩)〉── "靑天有月來幾時 我
今停杯一問之"

벼 익은 옛 궁터요 고목 우거진 들의 옛 사당에
남은 자취 빗돌뿐인가 흥망은 백구(白鷗)에게 물어 보리.
맑은 빛이 몇 번 찼는고 인생이란 하루살이
고운 님은 어디 가고 궁궐조차 절이 되어
깊은 숲 가린 휘장에 반딧불만 반짝인다.
옛일도 슬프건만 오늘 근심 또 어이하리
목멱산(木覓山)[26]은 단군터요 기자 여기 오셨던가.
굴 속에 무엇 있나 기린 자취 분명하다.
들판에서 주운 물건 숙신(肅愼)의 화살[27]이라
직녀는 용을 타고 문사 또한 붓을 멈춰
난초 매운 향내는 푸른 공중에 풍기누나.
곡조 마친 뒤에 하직이란 웬 말이냐.
바람은 고요한데 놋소리만 처량하구나.

여인은 시를 다 쓰고 나서는 붓을 던져 버리고는 공중에 높이
솟아 간 곳을 알 수 없었다. 다만 시녀를 시켜서 홍생에게 말을
전하였을 뿐이다.

"옥황 상제님의 명령이 엄하셔서 나는 난조를 타고 돌아갑니
다. 다만 그대와 더불어 청아한 이야기를 다 끝내지 못하여 몹시
섭섭할 뿐입니다."

그리고 얼마 되지 않아 갑자기 회오리바람이 불더니 홍생이
앉은 자리를 휘감아서 걷어 가고 그 시를 날려 버렸다. 이것은

---

26) 《동국여지승람》── "木覓山 在府東四里 有黃城古址一名絅城" 27) 고조선 시대
만주지방에 있었던 나라인 숙신에서 나오는 화살이 당시 유명하였다 함.

인간 세상에 자신의 일을 알리지 않기 위해서였다.

　홍생은 정신이 나간 사람처럼 한동안 멍청히 서서 조금 전의 일을 곰곰이 생각했는데, 꿈도 아니고 생시도 아니었다. 홍생은 난간에 기대 서서 정신을 차리고 여인이 했던 말들을 기록하는 한편 또 좋은 인연을 얻고도 흉중에 쌓인 이야기를 다 하지 못했음을 한탄하면서 시 한 수를 읊었다.

　　비인가 구름인가 허망한 꿈일뿐
　　가신 님은 그 언제나 퉁소 불며 돌아올꼬?
　　대동강 푸른 물결 무정타 하지 말라.
　　님 여읜 저곳으로 슬피 울며 가는구나.

　홍생이 시를 읊고 나니 산사에서 종이 울리고 물가 마을에서 닭 우는 소리가 들렸다. 달은 서쪽 하늘에 걸려 있고 샛별이 반짝이며, 뜰 아래의 쥐와 땅 밑의 벌레 소리가 들려올 뿐이었다.

　홍생은 기운을 잃고 슬퍼하며, 한편으론 온몸이 경건해지면서도 두렵기도 하여 더 머물지 못하고 서둘러 배를 타고 돌아갔다. 홍생이 돌아온 것을 안 친구들은 서로 앞을 다투어 물었다.

　"도대체 어젯밤엔 어디서 자고 왔는가?"

　홍생은 적당히 둘러대었다.

　"고기를 낚으려고 낚싯대를 메고 달빛을 따라 장경문(長慶門)[28] 밖 조천석까지 갔었다네. 그런데 밤이 서늘하여 물결이 찬 탓으로 붕어 한 마리도 낚지를 못했네그려!"

---

28) 평양부중(平壤府中)의 장경사(長慶寺)에 있었다 함.

친구들은 아무도 그 말을 의심하지 않았다.

그 후 홍생은 그 여인을 잊지 못해 병을 얻게 되었는데 정신이 멍하고 말의 앞뒤가 맞지 않았다. 오랜 기간 병상에 누워 있었으나 조금도 호전되는 기미가 없었다.

그러던 어느 날 밤 꿈 속에서 소복 차림의 여인이 나타나 홍생에게 말했다.

"우리 아가씨께서는 당신의 재주를 몹시 사랑하시어 상황께 아뢰어 견우성 막하(幕下)의 종사(從事) 벼슬을 얻었사오니 하루속히 부임하시는 것이 어떻겠습니까?"

홍생이 깜짝 놀라 꿈을 깼다. 그리고 깨끗하게 목욕을 한 뒤에 향을 태우며 집안을 깨끗이 치운 후 자리를 깔고 잠깐 누웠다가 문득 세상을 떠나게 되었는데, 이날이 9월 보름이었다.

그런데 시신을 빈소에 안치한 지 여러 날이 지나도 얼굴빛이 전혀 변하지 않고 산 사람과 같았다. 이에 대해 세상 사람들은 다음과 같이 말하였다.

"홍생이 신선을 만나서 시신이 선화(仙化)했기 때문이다."

4. 남염부주지(南炎浮洲志)

세조 10년경 경주(慶州)에 박생(朴生)이라는 선비가 살고 있었다.

박생은 일찍이 유학(儒學)을 공부하여 태학(太學)[1]에 적을 두고 있었으나 한 번도 과거에 합격하지 못하여 항상 우울하고 불쾌한 마음을 품고 있었다.

박생은 뜻과 기상이 높아서 어떠한 세력에도 아부하지 않았으므로 세상에서는 그를 거만한 청년으로 여겼다. 그러나 남들과 교제할 때에는 예의바르고 온순하였으므로 잘 아는 사람들은 모두 그를 칭찬하였다.

그는 일찍부터 불교나 무당, 귀신 등에 대해 의심을 품어 왔으며 《중용(中庸)》과 《역경(易經)》을 읽은 뒤에는 더욱 자기의 견해에 대해 확신을 가지게 되었다. 그러나 박생은 성격이 부드럽고 유순했으므로 불교 신자들과도 친절하게 사귀는 일이 많았다.

하루는 박생이 한 스님에게 천당과 지옥의 설에 대해 물었다가 의심이 나서 말했다.

---

1) 성균관을 달리 일컫는 말.

"천지(天地)에는 다만 음(陰)과 양(陽)이 있을 뿐인데 어찌 천지의 밖에 다시 천지가 있을 수 있겠습니까?"

스님이 말했다.

"명확히 말하기는 어려우나 아마 화복(禍福)의 갚음은 없지 않을 것이오."

그러나 박생은 그의 말을 믿지 않고 〈일리론(一理論)〉이라는 글을 지어서 스스로 이단자(異端者)의 유혹에 넘어가지 않으려고 힘썼다. 그 요지는 다음과 같았다.

"내 일찍이 옛사람에게서 천하의 이치는 오로지 한 가지가 있을 뿐이라고 들었다. 한 가지라 함은 결코 둘이 아님을 의미한다. 그리고 이치란 천성(天性)을 의미하고, 천성이란 하늘의 명령을 의미한다. 하늘이 음양과 오행(五行)으로 만물을 만들 때 기(氣)로써 형상을 이룩하였고 이에 이(理)도 첨가된 것이다. 이치라는 것은 일용(日用) 사물(事物)의 사이에 각각 조리(條理)가 있어서 부자(父子) 사이에는 친(親)함을 다하여야 할 것이며, 군신(君臣) 사이에는 의리를 다하여야 할 것이며, 부부(夫婦)와 장유(長幼) 사이에도 각각 모름지기 행해야 할 것이 있으니, 그 이치를 따르면 어디를 가더라도 불안함이 없을 것이요, 그 이치를 거스른다면 재앙이 미칠 것이다. 그러므로 어떤 사물이라도 거리낌 없이 연구하여 자신의 지식을 넓혀야 한다. 인간으로 태어난 이가 이러한 마음이 없는 이가 없을 것이며, 세상 만물에도 이 이치가 없지 않을 것이다. 그러므로 마음의 허령(虛靈)으로써 천성의 자연을 따라 만물의 이치를 연구하고 근본을 추구하여 그 극치(極致)에 이르게 되면 곧 천하의 이치가 모두 마음 속에 들게 될 것이다.

이렇게 본다면 천하와 국가가 모두 여기에 포함되어 천지의 사이에 참가해도 위반됨이 없을 것이고, 귀신에게 물어 보아도 혹하지 않을 것이며, 오랜 시간을 경과해도 변하지 않을 것이니 유학자의 할 바는 이에 그칠 따름이라. 천하에 어찌 두 이치가 있으리요. 따라서 스님들의 이단의 말을 나는 굳이 믿지 않는다."

어느 날 밤 박생이 등불을 켜고 글을 읽다가 문득 피곤함을 느끼고는 베개를 베고 잠시 잠을 청했다. 그런데 문득 어떤 곳에 이르렀는데 망망한 바다 가운데의 한 섬이었다.

그곳에는 초목이나 모래도 없고, 발에 밟히는 것은 모두가 구리 아니면 쇠붙이였다. 낮에는 사나운 불길이 공중에 뻗쳐 땅덩이가 녹아 내릴 듯하고 밤이 되면 싸늘한 바람이 서쪽에서 불어와서 사람의 뼛속까지 에는 듯하였다.

그리고 쇠로 된 벼랑이 절벽처럼 해변에 닿아 있고 철문이 하나 있었는데 어마어마한 자물쇠로 굳게 잠겨 있었다. 그 문을 지키고 있는 수문장(守門將)은 모습이 몹시 영악해 보였는데 창과 철퇴를 쥐고 서 있었다. 그 안에 살고 있는 사람들은 쇠로 지어진 집에 살고 있었는데 낮이면 철액(鐵液)이 녹아 내리고 사람들은 더워서 죽을 지경이며 밤이면 온몸이 얼어붙을 지경이었다. 그러나 아침이나 저녁이 되면 사람들의 웃음소리와 이야기하는 소리가 들려 왔다.

박생이 이러한 풍경을 보고 놀라서 공포를 느끼고 있었는데 수문장이 손을 들어 박생을 불렀다. 박생은 몹시 당황하면서 앞으로 나아갔다.

수문장은 창을 세우고 박생에게 물었다.

"당신은 누구요?"

"예, 저는 ○○나라에 사는 유생 박○○입니다. 제게 잘못이 있다면 모두 용서해 주시길 바랍니다."

하고 두세 번 엎드려 절하며 간곡히 빌자 수문장이 말했다.

"내 일찍이 유학자는 어떠한 위협을 만나더라도 굴하지 않는다는데 선비님은 어찌하여 이렇게 과도한 경의를 표하시오? 우리 대왕님은 선비님 같은 분을 만나 동방의 인류에게 한 말씀 전하려 하시니 여기 앉아 조금만 기다리시오. 내 곧 대왕님께 아뢰겠소."

말을 마치자 수문장은 어디론가 들어갔다가 다시 나오더니 박생에게 말했다.

"대왕께서 당신을 편전(便殿)[2]에서 맞고자 하십니다. 아무쪼록 두려워하지 말고 정직한 말로 대답하여 이 나라의 백성들로 하여금 옳은 길을 알게 해 주시오."

수문장의 말이 끝나자 검은 옷과 흰 옷을 입은 두 동자(童子)가 각각 손에 책을 가지고 왔는데, 한 책은 검은 종이에 푸른 글자로 씌어진 것이고, 다른 책은 흰 종이에 붉은 글자로 씌어진 것이었다.

동자들이 그 책을 박생의 왼편과 오른편에서 나란히 펴 보였는데, 거기에는 자신의 성명이 붉은 글자로 씌어 있었다.

'현재 ○○나라에 살고 있는 박○○는 이승에서 지은 죄가 없으니 이 나라의 백성이 될 수 없다.'

박생이 그 글을 읽고 동자에게 물었다.

"나에게 이 문권을 보이는 까닭이 무엇이오?"

---

2) 임금이 쉬거나 연회를 베푸는 별전(別殿).

"검은 문권은 악인의 명부이고 흰 문권은 선인의 명부입니다. 좋은 명부에 실린 분은 대왕께서 예로써 맞이하시고 악한 명부에 실린 자는 노예로 대우하오니 이를 알려 드리는 것입니다."

동자는 이렇게 대답하고는 그 문권을 가지고 들어가 버렸다.

그리고 얼마 안 되어 보배 수레 위에 연좌(蓮坐)[3]를 설치하고 어여쁜 아이들이 파리채와 일산 등을 갖추고 서 있었다. 무사와 나졸들은 창을 휘두르면서 추상같은 호령을 하며 따랐다.

박생이 머리를 들어 멀리 쳐다보니 철성이 세 겹으로 되어 있는 대궐이 높이 솟아 있는데 뜨거운 불꽃이 온통 공중을 덮고 있었으며, 행길의 사람들은 녹아 내린 동철(銅鐵)을 마치 진흙 밟듯이 밟으며 걸어가고 있었다. 그러나 박생 앞에 놓인 수십 보쯤 되는 거리는 평탄하여 속세나 다름없었는데 모든 것이 신력(神力)으로 이룩된 것 같았다.

그 나라의 수도(首都)에 이르니 네 문이 활짝 열려 있고 연못가의 누각이 속세와 다름없었다. 아름다운 두 여인이 마중 나와 박생에게 인사하더니 그를 안으로 모셨다. 대왕은 통천관(通天冠)[4]을 쓰고 문옥대(文玉帶)[5]를 허리에 둘렀는데 박생을 보더니 뜰 아래로 내려와 맞이하였다. 박생은 황급히 땅에 엎드려 감히 쳐다보지도 못했다.

대왕은 말했다.

"사는 곳이 달라서 서로 통제할 권리도 없을 뿐 아니라 이치에 통달하신 선비님을 어찌 위력으로 굴복시키겠나이까?"

---

3) 연꽃을 새긴 불좌(佛座). 4) 고대(古代)에 임금이 거동할 때 쓰던 관(冠). 5) 문채(文彩)나는 옥으로 만든 띠.

대왕은 박생의 소매를 잡고 대궐 위에 올라 특별히 한 좌석을 마련해 준 뒤에 시종을 불러 다과를 가져오게 했다. 박생이 눈을 들어 엿보니 차(茶)는 구리를 녹인 액체와 같고 과실은 탄환과 다름없었다. 박생은 놀랍기도 하고 두렵기도 하였으나 감히 피할 수가 없었다. 그래서 다만 그들이 하는 대로 내버려둘 뿐이었다.

시종이 다과를 위로 올려놓자 향기가 온 궁궐에 풍겼다. 대왕은 말했다.

"선비는 이곳이 어딘지 모르실 겁니다. 이곳을 속세에서는 염부주(炎浮洲)라고 이르지요. 대궐의 북쪽 산이 옥초산(沃焦山)인데 이 섬은 남쪽에 떨어져 있어서 남염부주(南炎浮洲)라고 부릅니다. 염부라는 말은 사나운 불꽃이 항상 공중에 떠 있는 것을 말합니다. 내 이름은 염마(焰摩)인데, 이는 불꽃이 나의 육신을 마찰하기 때문에 불리게 된 이름입니다. 내가 이곳의 책임을 맡은 지 벌써 만여 년이나 되는데, 옛날 창힐(蒼詰)[6]이 글자를 처음 만들 때 우리 백성들을 보내서 울어 주었고 석가(釋迦)가 불도(佛道)를 닦을 때 나의 제자를 보내어 보호해 주기도 했습니다. 모든 일이 내 뜻대로 되지 않은 것이 없었습니다. 그런데 중국의 삼황(三皇)과 오제(五帝)[7]와 주공(周公), 공자(孔子)는 각기 자기의 도를 지켰기 때문에 나로서는 아무런 관계도 하지 못했던 것입니다."

"주공, 공자와 석가는 어떤 인물이라고 생각하십니까?"

박생이 묻자 대왕이 말했다.

"주공과 공자는 중국에서 탄생한 성인(聖人)이요, 석가는 인도

---

6) 황제(黃帝)의 사신(史臣)으로, 처음 글자를 만들었다고 함. 7) 고대의 제왕(帝王).

의 간흉(姦兇)한 민족이 낳은 성인이었소. 그러나 아무리 분명한 시대라도 성품이 순수한 사람과 박잡(駁雜)한 사람 두 갈래가 있는데 주공, 공자께서는 이것을 통솔하셨고, 간흉한 민족이 비록 몽매하더라도 그 기질의 날카롭고 둔한 차이가 있기 때문에 석가는 그들을 깨우쳐 주었던 것입니다. 주공과 공자의 가르침은 정도(正道)를 가지고 사도(邪道)를 물리쳤기 때문에 그 말씀이 정직했고, 석가의 가르침은 사도로써 사도를 물리쳤기 때문에 그 말씀이 허황해서 소인(小人)들이 신앙(信仰)하기가 쉬웠던 것입니다. 그러나 결국에는 모두 군자와 소인으로 하여금 올바른 도리로 나아가도록 한 것이요, 결코 이도(異道)로써 속세의 사람을 속이는 것은 아닙니다."

"그러면 귀신이란 어떤 것입니까?"

박생이 다시 묻자 대왕은 말했다.

"귀(鬼)는 음(陰)의 영(靈)이요, 신(神)은 양(陽)의 영입니다. 대체로 귀신이라는 것은 조화(造化)의 자취요, 음양의 양능(良能)[8]입니다. 살았을 때는 인물(人物)이라 하고 죽으면 귀신이라 하지만 그 이치는 아마 다르지 않을 것입니다."

"속세에서는 귀신에게 제사 지내는 예법이 있사온데 제사의 귀신과 조화의 귀신은 어떻게 다릅니까?"

"다른 것이 없습니다. 귀신은 소리도 없고 형체도 없다고 옛 유학자들은 말했으나 물질의 시작과 끝은 음양의 어울리고 흩어짐에 따르는 것이요, 또 천지에 제사 지내는 것은 음양의 조화를 존경하는 것이며, 산천에 제사 지내는 것은 기화(氣化)의 승강(昇

---

8) 배우지 않아도 능한 것.

降)을 갚으려 하는 것이요, 조상에 제사 지내는 것은 근본에 보답하려 하는 것이며, 육신(六神)[9]에 제사 지내는 것은 재앙을 면하기 위해서입니다. 그들은 형체가 뚜렷이 있어서 쓸데없이 인간의 화복을 주는 것이 아님에도 불구하고 사람들은 부질없이 귀신이 있다고 생각하는 것입니다. 공자님께서는 귀신을 공경하면서도 멀리해야 한다고 말씀하셨는데 필시 이를 염두에 두신 것입니다."

둘은 문답을 계속했다.

박생이 또 물었다.

"그러면 속세에서는 일종의 사귀(邪鬼)와 요물(妖物)이 사람을 해치는 일이 있사온데 이것 역시 귀신입니까?"

대왕은 대답했다.

"귀(鬼)는 굽힌다는 뜻이요, 신(神)은 편다는 뜻이니 굽혔다가 펼 줄 아는 것은 조화의 신이요, 굴하기만 하고 펼 줄 모르는 것은 울결(鬱結)[10]된 요괴일 것입니다. 천지의 신은 조화와 합하기 때문에 음양과 더불어 그 자취가 없지만, 요물의 신은 인물(人物)과 혼동되어 산에 있는 요물은 초(魈)라고 하고, 물에 있는 요물은 역(魊)이라고 하고, 수석(水石)에 있는 요물은 용망상(龍罔象)이라 하고, 목석(木石)에 있는 요물은 기망량(夔魍魎)이라 하고, 물건을 잘 해치는 요물은 여(厲)라 하고, 남을 괴롭히는 요물은 마(魔)라 하고, 물건에 의지하는 요물은 요(妖)라 하고, 사람을 유혹하는 요물은 매(魅)라고 합니다. 이들은 모두 귀(鬼)라고 할

---

9) 풍백(風伯)·우사(雨師)·영성(靈星)·선농(先農)·사(社)·직(稷). 10) 맺혀서 풀리지 않는 것.

수 있습니다. 한편 신(神)이란 음양의 변화를 마음대로 할 수 있으니 신묘한 작용을 말하는 것이요, 귀란 근본으로 돌아가는 것을 말하는 것입니다. 하늘과 사람이 이치가 같고 현상계와 본체계가 사이가 없어 근본으로 돌아가는 것을 정(靜)이라 하고, 천명(天命)을 회복하는 것을 상(常)이라 하며, 조화 종시를 같이하면서도 조화의 자취를 알 수 없는 것을 도(道)라 합니다. 그러한 까닭에 《중용》에서 귀신의 덕이 크다고 한 것입니다."

박생이 다시 물었다.

"불가(佛家)에서 이르기를 하늘 위에는 극락(極樂) 세계가 있고 땅 밑에는 지옥(地獄)이 있는데 명부(冥府)[11]에서는 시왕(十王)[12]을 배치하여 18옥(獄)[13]의 죄인들을 다스린다 하는데 이것이 사실입니까? 또 사람이 죽은 지 49일이 되면 부처님께 재를 드려 그 영혼을 천도하고 대왕께 지전(紙錢)을 바쳐서 그 죄를 청산한다 하는데, 그렇다면 간악한 인간이라도 대왕님은 용서해 주시는 것입니까?"

대왕은 대답했다.

"그것은 처음 듣는 말이오. 옛사람이 이르기를 한 번 음이 되고 한 번 양이 됨을 도(道)라 하고, 한 번 열리고 한 번 닫히는 것을 변(變)이라 하고, 낳고 또 낳음을 역(易)이라 하고, 망령됨이 없는 것을 성(誠)이라 하였습니다. 그런데 어찌 건곤(乾坤) 밖에 다시 건곤이 있으며 천지 밖에 다시 천지가 있겠습니까? 또

---

11) 저승. 또는 저승의 법정. 12) 저승에서 죽은 사람을 재판한다고 하는 10위(位)의 왕. 진광대왕(秦廣大王)·초강대왕(初江大王)·송제대왕(宋帝大王)·오관대왕(伍官大王)·염라대왕(閻羅大王)·변성대왕(變成大王)·태산대왕(泰山大王)·평등대왕(平等大王)·도시대왕(都市大王)·오도전륜대왕(五道轉輪大王). 13) 저승에 있다는 18개소의 지옥.

왕(王)이란 백성이 추대하는 존칭입니다. 옛날 삼대(三代)[14] 이전에는 임금들을 모두 왕이라 일컬었습니다. 공자의 《춘추(春秋)》에서도 주나라를 높여 그 왕을 천왕(天王)이라 하였으니 그 이상의 존칭은 있을 수 없을 것입니다. 그럼에도 불구하고 진(秦)이 육국(六國)[15]을 멸한 뒤에, 즉 자기의 덕(德)은 삼황(三皇)을 겸하고 공훈은 오제(五帝)를 능가한다 하여 그 칭호를 왕에서 황제로 고쳤습니다. 그 뒤로 참람(僭濫)되게 왕이라 자칭하는 자가 많았고, 또 속세의 사람들은 우매해서 인간의 실정은 말하지 않고 신도(神道)만 숭배하니 한 지역 안에 왕이 이렇게 난립한 것입니다. 하늘에는 두 개의 해가 없고 백성에게는 두 명의 왕이 있을 수 없습니다. 속세의 사람들이 지전을 바치면서 재를 올리는 까닭을 나는 알 수가 없으니 그대가 좀 자세히 이야기해 주기 바랍니다."

이에 박생은 자리에서 뒤로 물러나더니 옷깃을 여미고는 말했다.

"속세에서는 부모가 죽은 지 49일이 되면 계급의 고하를 막론하고 상장(喪葬)의 예를 치르기 전에 절에 가서 재를 올리는 것을 최우선으로 삼고 있습니다. 재산이 넉넉하고 세력 있는 사람들은 과도한 경비를 허비하고, 가난한 사람들은 논밭과 집을 전당하고 곡식을 팔고 종이를 교묘히 오려 기(旗)를 만들며 비단을 베어서 꽃을 만들고 중을 맞아다가 복전(福田)[16]을 닦습니다. 불상(佛像)을 모시고 주문(呪文) 외우는 것이 마치 새와 쥐들이 지저귀는 것과 같아서 무슨 뜻인지 알 수가 없습니다. 또 상주(喪主)된 자의 아내와 자녀, 친척들이 모이므로 남녀가 혼잡하고 대

---

14) 하, 은, 주 세 나라. 15) 춘추 전국시대의 초·제·연·한·위·조 여섯 나라. 16) 부처를 봉양하여 얻은 복.

소변이 낭자하여 극락의 정토(淨土)를 더럽히고 있습니다. 또 시왕을 모셔 주찬(酒饌)을 갖추어 제사 지내고 있는데, 만일 진정으로 시왕이 있다면 예의를 돌보지 않고 탐욕만을 내어 이것을 받겠습니까? 또는 불법(佛法)에 따라 처벌하겠습니까? 저는 이에 대해 매우 못마땅하게 생각합니다."

대왕이 대답했다.

"이게 웬 말씀이오. 사람이 세상에 날 때 하늘은 어진 성품을 갖게 해 주시고, 땅은 곡식으로써 길러 주고, 왕은 법령으로써 다스려 주며, 스승은 도의로써 가르쳐 주고, 어버이는 은혜와 사랑으로써 길러 주십니다. 그러므로 오전(五典)[17]이 차례가 있고 삼강(三綱)[18]이 어지럽지 않을 것이니, 이것을 잘 따르면 상서로운 것이 오고 거스르면 재앙이 오게 됩니다. 상서와 재앙은 오직 자기 자신에게 달려 있습니다. 사람이 죽으면 정신과 기운은 이미 흩어지고 영혼은 하늘로 오르고 육체는 땅으로 내려가 흙으로 돌아갈 뿐인데 어찌 다시 캄캄한 저승에 머물러 있겠소. 다만 일부 원통한 혼과 비명(非命)에 간 원귀(寃鬼)들이 억울하게 죽음으로써 기운을 펴지 못하여 간혹 원한 맺힌 가정에 나타나기도 하고 무당에 의탁하여 자기의 뜻을 말하거나 사람에게 의지하여 슬픔을 하소연하기도 하는데, 비록 그때에는 정신이 흩어지지 않았더라도 결국에는 흩어져 아무것도 없는 것으로 돌아갈 것이니 어찌 형체를 지옥에 빌려 주어서 죄벌을 받겠소. 이것은 사물의 이치를 연구하는 학자들이라면 짐작할 수 있을 것입니다. 부처님

---

17) 삼분 오전(三墳五典). 오전(五典)은 황제(黃帝)의 책인데 지금은 전해지지 않음. 18) 유교 도덕의 기본 줄기로 군신, 부자, 부부 사이의 도리. 군위신강(君爲臣綱)·부위자강(父爲子綱)·부위부강(夫爲婦綱).

께 재를 올리고 시왕에게 제사 지내는 것도 마찬가지입니다. 원래 재라는 것은 정결(淨潔)을 뜻하고 부처는 청정(淸淨)을 뜻하며 왕은 존엄을 뜻하는 것인데 어찌 청정의 신(神)으로서 세속의 공양을 맛보고 왕의 존엄으로서 죄인의 뇌물을 받으며 저승의 귀신으로서 인간의 죄악을 용서해 줄 수가 있겠소. 이것 또한 이치를 연구하는 선비라면 마땅히 생각할 바가 아니겠소."

박생이 다시 물었다.

"그렇다면 윤회(輪廻)의 설(說)에 대해서는 어떻게 보아야 하겠습니까?"

대왕은 대답했다.

"정신이 흩어지지 않았을 때에는 마치 윤회할 수 있을 듯하지만 시간이 오래 경과하면 정신이 흩어져서 자연히 소멸되고 마는 것입니다."

"대왕께서는 어떤 인연으로 해서 이런 사나운 세상의 왕이 되셨습니까?"

"내가 인간으로 세상에서 살 때 국가와 민족에 대해 충성을 다하였습니다. 적을 칠 적에 죽어서도 마땅히 여귀(厲鬼)가 되어 적을 죽이겠다고 스스로 맹세하였습니다. 죽은 뒤에도 그 정신이 사라지지 않아 이 몹쓸 곳에 와서 중대한 책임을 맡게 된 것입니다. 지금 이 나라 백성들은 모두 전세(前世)에 간흉과 반역의 죄악을 지은 사람들로서 이곳에 환생하여 나의 통제를 받으며 그릇된 마음을 고치려 하고 있습니다. 그러므로 자신의 정직한 마음을 지키고 사리와 사욕을 청산하지 못한다면 하루도 이 땅의 군주가 될 수 없습니다. 내가 들은 바에 의하면 박 선비는 정직하고 지조가 높은 천고(千古)의 달인(達人)이라고 하더이다. 그러

나 선생의 높은 뜻을 세상에 한번 펼쳐 보지도 못하고 마치 형산
(荊山)의 백옥(白玉)이 티끌에 묻혀 있고 밝은 달이 깊은 못에
빠진 것과 같으니, 만일 슬기 있는 공인(工人)을 만나지 못한다면
뉘라서 참다운 가치를 알아 주겠습니까? 이제 나는 운명이 다하
여 이 자리를 떠나야 하고 박 선비도 명수(命數)가 다하여 인간
세상을 떠나야 하니 이 나라의 백성들을 맡아 줄 분이 박 선비말
고 누가 있겠소."

그리고 대왕은 잔치를 베풀어 박생을 대접했다.

대왕이 삼한(三韓)의 흥망(興亡) 고사(故事)를 묻자 박생은 자
세히 이야기해 주었다. 이야기가 고려의 건국에 이르자 대왕은
여러 번 탄식하며 말했다.

"나라를 다스리는 이는 폭력으로써 백성을 다스려서는 안 됩
니다. 백성이 두려워 복종하는 것 같지만 마음 속으로는 반역심
을 품고, 날이 쌓이고 달이 이르면 얼음이 어는 것과 같은 화가
일어납니다. 또 덕이 없는 자가 힘으로 왕위에 올라서는 안 됩니
다. 하늘이 비록 묵묵히 있다 할지라도 그 명령은 어길 수 없는
것입니다. 국가는 인민의 것이요, 명령은 하늘의 명령이니 천명
(天命)이 가 버리고 민심이 떠난다면 아무리 자기 몸을 보존하려
하지만 어찌 그렇게 될 수 있겠습니까?"

박생이 역대의 제왕(帝王)들이 이도(異道)를 숭상하다가 재앙
을 입은 일을 이야기하자 대왕은 문득 이맛살을 찌푸리며 말했다.

"백성들이 기쁘게 노래 부르는데도 홍수나 가뭄의 재앙이 나
는 것은 하늘이 왕으로 하여금 매사에 삼가할 것을 경고하는 암
시인 것이요, 백성이 원망하는데도 상서로운 일이 나타나는 것은
요괴의 묘술로써 왕을 더욱 교만하고 방종하게 만드는 것이니,

역대의 제왕이 재앙을 입을 때 그 백성들은 안락했습니까, 원망하였습니까?"

박생이 대답했다.

"간신(姦臣)이 벌떼처럼 일어나고 큰 난리가 여러 번 일어나는데도 왕은 백성들을 억눌러 정치를 했사옵니다. 그러니 인민이 어찌 안락했겠습니까?"

대왕은 탄식하며 말했다.

"박 선비의 말씀이 옳습니다."

한바탕의 문답이 끝나자 대왕은 잔치를 거두게 하고 박생에게 왕위를 전하고자 곧 손수 선위문(禪位文)[19]을 지어 박생에게 내려 주었다.

그 글은 다음과 같았다.

"우리 염주(炎州) 땅은 실로 야만의 나라로서 옛날 하우(夏禹)의 발자취도 이르지 못했고 주목왕(周穆王)[20]의 말발굽도 미친 적이 없었다. 붉은 구름이 햇빛을 가리고 독한 안개가 공중을 막아 목마를 때는 구리의 녹은 물을 마셔야 하고 배고플 때는 쇠부스러기를 먹어야 한다. 야차(夜叉)[21]나 나찰(羅刹)[22]이 아니면 발붙일 곳이 없고 도깨비떼가 아니면 그 기운을 펼 수가 없다. 화성(火城)이 천 리에 뻗어 있고 철산(鐵山)이 만 겹에 달한다. 백성들의 풍속이 사납고 악해서 정직하지 않으면 그 간사함을 판단할 수가 없고, 지세가 험악해서 신성(神聖)한 위엄이 없으면 그 조화를 베풀 수가 없다. 이에 동쪽 나라에 사는 박○○은 사람됨

---

19) 왕위를 물려주는 선고문(宣告文). 20) 소왕(昭王)의 아들. 즉위한 뒤에 팔준마(八駿馬)를 타고 천하를 주유(周遊)했다 함. 21) 귀물(鬼物) 중에서 가장 추악한 것. 22) 악귀(惡鬼)의 이름.

이 정직하여 사리 사욕에 치우침이 없으며 강직하고 결단성이 있어 그 재주와 기질이 남과 다르니 모든 백성의 기대에 어긋남이 없을 것이다. 경(卿)에게 바라노니 마땅히 도덕과 예법으로써 백성을 다스려 이 나라를 태평하게 해 주시오. 내 이제 하늘의 뜻을 받들어 요(堯)·순(舜)의 옛일을 본받아 이 자리를 그대에게 물려주는 것이니, 경은 삼가 받을지어다!"

박생이 이 선위문을 받들어 예식을 마치고 물러간 뒤에 대왕은 다시 신하와 백성들에게 명하여 축하를 드리게 하고 박생을 잠시 고국으로 돌려보내면서 거듭 칙령을 내렸다.

"머지않아서 다시 이곳으로 오게 될 것이오. 이번에 가서서 나와 문답한 이야기를 인간 세상에 전하여 황당한 전설을 일소(一掃)해 주시오."

박생은 절을 올리며 대답했다.

"예! 반드시 명령대로 행하겠습니다."

박생은 왕과 하직하고 대궐 문을 나와서 수레를 탔다. 이때 수레를 끄는 인부가 발을 헛디뎌 진흙 속에 수레가 쓰러지면서 박생이 놀라 깨니 한바탕 꿈이었다. 주위를 둘러보니 책상 위에는 서적들이 흩어져 있었고 희미한 등불이 가물거리며 마음을 산란케 했다.

박생은 자기가 인간 세상에 오래 있지 못할 것을 짐작하고 날마다 집안일 정리에 전력하였다. 그리고 두어 달 후에 병이 들었으나, 의원과 무당을 사절하고 드디어 세상을 떠났다.

그때 박생의 이웃 사람의 꿈에 어떤 신인(神人)이 나타나서 이렇게 말했다고 한다.

"당신의 이웃에 살던 박생은 장차 염라왕(閻羅王)이 될 것이다."

5. 용궁부연록(龍宮赴宴錄)

1

개성(開城)에 있는 천마산(天磨山)은 공중에 높이 솟아 그 높이가 하늘에 닿을 듯하다 하여 천마라는 이름을 얻게 되었다고 한다.

그 산 가운데에는 용추(龍湫)가 있는데 그 이름을 박연(朴淵)이라 하였다. 박연의 둘레는 얼마 되지 않지만 그 깊이는 몇 길이나 되는지 알 수 없을 정도이며, 거기에서 넘친 물이 백여 길이나 되는 폭포를 이루어 장관이었다.

구경 오는 사람들은 이 맑고 아름다운 경치를 보려고 반드시 이곳을 찾아와 보았다. 옛날부터 이곳에 용신(龍神)이 있다는 전설이 역사책에 실려 있으며 국가에서도 해마다 정초에 소 한 마리를 잡아서 용신에게 제사를 지내게 하였다.

고려 때 한생(韓生)이라는 사람이 개성에 살고 있었는데 일찍부터 문장에 능해서 문명(文名)이 조정에까지 알려지게 되었다.

하루는 한생이 홀로 집에 앉아 있는데 푸른 옷을 입고 수건을 머리에 쓴 사람 둘이 갑자기 공중에서 내려오더니 뜰 밑에 엎드려 말했다.

"저희들은 박연에 계신 용왕(龍王)님의 분부를 받고 선생님을 모시러 왔습니다."

한생은 너무 놀라 낯빛이 변하면서 말했다.

"인간과 신(神)의 길이 다른데 어찌 서로 통할 수가 있겠소? 더구나 물길이 멀고 풍파가 사나운데 어찌 갈 수가 있겠소?"

그러자 두 사람은 말했다.

"문 밖에 이미 준마(駿馬)를 준비해 두었사오니 과히 염려하지 마시옵소서."

마침내 그들이 한생을 모시고 문을 나서니 과연 준마 한 필이 있는데, 금으로 만든 안장과 옥으로 꾸민 굴레가 매우 훌륭하였다. 그 주변에는 머리에 붉은 수건을 쓰고, 비단으로 만든 바지를 입은 사람이 10여 명 있었다.

그들은 한생을 부축하여 말 위에 앉힌 뒤에 일산(日傘)을 쓴 사람이 앞에서 인도하고 기악(妓樂)이 맨 뒤를 따르게 했다. 푸른 옷을 입은 두 사람도 홀(笏)[1]을 들고 따라왔다. 그리고 곧 말이 공중을 향해 날아오르니 네 발굽 아래엔 구름만 보일 뿐 땅은 보이지 않았다.

일행은 눈 깜짝할 사이에 용궁 문 앞에 도착하였다. 말에서 내려서 보니 문지기는 모두 눈이 길게 째졌으며 방게, 새우, 자라의 갑옷을 입고 창과 칼을 들고 촘촘히 늘어서 있었다. 그들은 한생을 보더니 모두 머리를 숙여 절하고는 의자에 앉아 쉬기를 권했다. 이때 푸른 옷을 입은 두 사람이 안으로 들어가 보고하니 얼

---

1) 조회할 때나 출입할 때 일을 기록하기 위하여 가지는 수판(手版).

마 안 되어 푸른 옷을 입은 동자 둘이 나와서 한생을 안으로 안내했다.

한생이 조심스럽게 나가다가 궁문(宮門)을 쳐다보니 현판에 함인지문(含仁之門)이라 씌어 있었다.

한생이 문 안으로 들어가니 용왕은 절운관(切雲冠)을 쓰고 칼을 차고 홀을 든 모습으로 뜰 아래로 내려와 그를 맞이했다. 그리고 용왕은 편전 위에 올라가 의자에 앉기를 청하는데 이것이 곧 수정궁(水晶宮) 안에 있는 백옥상(白玉牀)이었다.

한생은 자리를 사양하면서 말했다.

"하토(下土)의 어리석은 백성으로서 초목과 같이 변변찮은 존재이온데 어찌 용왕님의 위엄을 헤아리지 않고 외람된 대접을 받을 수 있겠습니까?"

그러자 용왕이 말했다.

"오랫동안 선생의 높으신 명성을 들었습니다만 이제야 뵙게 되었습니다. 의아히 생각지 마시기 바랍니다."

용왕은 손을 내밀어 앉기를 청했다. 한생이 세 번 사양한 뒤에 자리에 오르자, 용왕은 남쪽을 향하여 칠보상(七寶牀)[2]에 앉고 한생은 서쪽을 향하여 앉으려 하는데 문지기가 와서 말했다.

"손님 몇 분이 또 오십니다."

용왕은 곧 문 밖으로 나가서 그들을 맞이했다. 세 명의 손님이 붉은 도포를 입고 채색 수레를 탔는데 그 차림새나 태도, 시중드는 사람들로 보아 임금의 행차와 흡사했다.

한생은 들창 밑에 잠시 피했다가 자리를 정한 뒤에 인사를 청

---

2) 칠보(七寶)로 꾸민 평상.

해야겠다고 생각했다. 용왕은 그들 세 손님을 동쪽을 향해 앉게 한 뒤에 말했다.

"마침 양계(陽界)³⁾에 계신 문사(文士) 한 분을 모셔왔으니 그대들은 의아해하지 마십시오."

용왕은 신하에게 명하여 한생을 모셔오게 했다. 한생은 나와서 인사를 하고 윗자리에 앉기를 사양하며 말했다.

"여러분은 귀중하신 몸이옵고 저는 미천한 선비에 불과하온데 어찌 감히 높은 자리에 오르겠습니까?"

그러자 그들은 말했다.

"아닙니다. 우리는 음계에 살고 선생은 양계에 사시니 그 길이 달라서 서로 통제할 권리도 없거니와 또한 용왕님의 인격이 높고 사람을 보시는 눈이 밝으시니, 선생은 반드시 양계의 문학 대가(大家)이실 것입니다. 그러니 용왕님의 명을 거절하지 마십시오."

용왕이 각기 자리에 앉기를 권하자 이에 세 사람은 일시에 자리에 앉고 한생은 끝까지 겸양의 태도로 말석에 앉았다.

좌정하고 나서 차가 한번 돌고 난 뒤에 용왕은 한생에게 말했다.

"과인에게 무남독녀 딸 하나가 있는데 이제 결혼할 나이가 되었소. 조만간 혼례를 치르려 하나 집이 누추해서 화촉을 밝힐 만한 방도 없어 따로 별당 한 채를 지어 가회각(嘉會閣)이라 이름 지으려 합니다. 모든 준비가 다 되었으나 다만 상량문(上樑文)⁴⁾이 마련되지 못했습니다. 과인이 듣기로는 선생은 이름이 삼한(三韓)에 떨치고 재주가 백가(百家)⁵⁾에 으뜸간다 하여 특별히 초

---

3) 사람이 사는 세상. 이 세상. 4) 집을 지을 때에 기둥에 보를 얹고 그 위에 마룻대를 올릴 때 축복하는 글. 5) 많은 학자.

대한 것입니다. 과인을 위하여 상량문 한 편을 지어 주실 수 있 겠습니까?"

용왕의 말이 채 끝나기도 전에 두 동자가 푸른 옥벼루와 소상 (瀟湘)의 반죽(斑竹)으로 만든 붓과 이름난 비단 한 폭을 받들고 와 앞에 꿇어앉았다.

한생이 곧 일어나 붓에 먹을 찍어 줄줄 써내려 가는데, 그 글 씨는 마치 구름과 내가 서로 얽히는 듯했다.

그 글은 이러했다.

"삼가 말씀드리건대 이 세상 안에서는 용신(龍神)이 가장 성스 럽고, 인물(人物) 사이에서는 배필이 지극히 소중하다. 용왕님께 서는 이미 만물에 윤택한 공로가 있으니 어찌 복받을 터전이 없 으리요. 그런 까닭에 우는 징경이[6]를 《시경(詩經)》에서 읊었고 나는 용을 《주역(周易)》에서 말했다. 이에 새로이 집을 세우고 아 름다운 이름을 높이 붙여서 자라를 불러 힘을 내고 조개를 모아 재목을 삼으니 수정과 산호로 기둥을 세우고 용골(龍骨)[7]과 낭 간(琅玕)[8]으로 들보를 걸었는데 주렴을 걷으면 산빛이 푸르고 구슬 창을 열면 골짜기에 구름이 둘려 있다. 부부가 화락하여 백 년 복록(福祿)을 누리고 금슬(琴瑟) 상화(相和)하여 금지(金枝)[9] 를 만세(萬世)에 뻗게 해 다오. 풍운의 변화를 돕고 조화의 공덕 을 나타내어 높은 하늘에 오를 때나 깊은 못에 내릴 때나 상제 (上帝)의 어진 마음을 돕고 인민의 목마름을 구제하라. 위풍(威

---

6) 물수릿과의 새. 7) 《술이기(述異記)》에 "人就其間 得龍骨一具"라 했다. 8) 경옥(硬 玉)의 일종. 암녹색 내지 청벽색을 발하는 반투명의 아름다운 돌. 중국에서 나는데, 고 래로부터 장식에 쓰임. 9) 귀족(貴族)을 말함.

風)이 천지에 높고 공덕이 원근에 흡족하여 검은 거북과 붉은 잉어는 뛰면서 소리치고 나무 귀신과 산의 도깨비도 모두 치하하리. 마땅히 찬양하는 노래를 불러 들보를 들어 보리라.

들보 동쪽에 예물을 던지니
드높은 푸른 산이 공중에 솟았구나.
어느 밤 우렛소리 시냇가에 들려 올 제
만 길 푸른 벼랑은 구슬빛이 영롱하네.

들보 서쪽에 예물을 던지니
높은 바위 그윽한 길 산새들만 우짖는다.
깊고 깊은 저 용추는 몇 길이나 되겠는가?
푸른 유리 한 이랑이 봄빛 짙어 어리네.

들보 남쪽에 예물을 던지니
십 리 송림 우거지고 푸른 이내 비껴 있네.
굉장한 저 신궁(神宮)을 그 누가 알아주랴.
유리처럼 맑은 모양 그림자만 잠겼구나.

들보 북쪽에 예물을 던지니
아침 햇살 막 오를 제 거울처럼 맑은 못물
흰 비단 삼천 자가 저 공중에 펼쳐 있어
하늘 위 은하수가 이곳으로 떨어지네.

들보 위에 예물을 던지니

창공에 무지개 손 뻗으면 닿을 듯
동해의 부상(扶桑)[10]은 천만 리나 되건마는
인간 세상 굽어보니 손바닥과 같도다.

들보 아래에 예물을 던지니
어여쁘다 봄 들판에 아지랑이 아른아른
성스러운 물 한 줄기 이곳에 길어다가
온 누리에 단비 되어 뿌려 보면 어떠리.

　원컨대 이 집을 지어서 화촉을 밝힌 후에는 만복을 누리고 온
갖 상서로운 것이 모두 모여들어 요궁(瑤宮)과 옥전(玉殿)에 구
름이 찬란하여 원앙 이불과 봉황 베개에 즐거움이 한없으며 그
덕이 나타나며 그 신령함을 빛내 주시옵소서.”
　한생은 글쓰기를 마치자 용왕께 바쳤다. 용왕이 크게 기뻐하며
세 손님에게 그 글을 보이니 모두 감탄하였다.

2

　용왕은 감사의 뜻으로 한생을 위하여 윤필연(潤筆宴)[11]을 열게
하였다. 한생이 말하였다.
　“여기 모이신 신(神)들의 높으신 성명을 알려 주시면 좋겠습니다.”

---

10) 옛날 중국에서 해가 뜨는 동쪽 바다 속에 있다고 한 상상의 신성한 나무. 또 그 나
무가 있는 곳.　11) 글이나 서화(書畵)의 작자에게 감사의 뜻을 표하는 연회.

용왕은 말했다.

"선생은 양계에 살고 계시므로 응당 모르실 것입니다. 저 세 분 중 첫째 분은 조강신(祖江神)[12]이요, 둘째 분은 낙하신(洛河神)[13]이요, 셋째 분은 벽란신(碧瀾神)[14]입니다. 오늘 이렇게 초대한 것은 선생과 같이 노시게 하기 위해서입니다."

곧 술이 들어오고 풍악이 울리자 미녀 십여 명이 푸른 소매를 떨치며 꽃을 머리에 꽂고 춤을 추면서 나와서는 벽담곡(碧潭曲)[15]을 불렀다.

> 푸른 산은 창창하고 푸른 못은 출렁이니
> 나는 폭포 우렁차게 은하수에 닿겠네.
> 저 가운데에 계신 님의 패옥 소리 쟁쟁하니
> 빛나는 위풍이요 거룩한 얼굴이네.
> 좋은 때 좋은 날에 봉황새 울음 울 제
> 나는 듯한 좋은 집에 온갖 상서 다 모이네.
> 문사를 모셔다가 글을 지으니
> 높은 덕 노래하여 긴 들보를 울렸구나.
> 향기로운 술 부어 술잔을 돌리고
> 가벼운 제비처럼 봄볕 향해 뛰노네.
> 화로엔 매운 향기 냄비에는 미음을 끓이네.
> 어고(魚鼓) 치고 용적(龍笛) 불어 행진곡 울리네.
> 높이 앉은 님이시여! 은혜 높으신 덕이시라.

---

12) 조강, 즉 한강이 바다로 들어가는 곳의 신(神). 13) 낙하의 신. 낙하는 한강의 속칭. 14) 벽란도(碧瀾渡)의 신. 벽란도는 예성강 하류에 위치하고 있는 중요한 도진(渡津)의 하나. 15) 깊고 푸른 용추를 읊은 노래.

춤이 끝나자 다시 총각 십여 명이 왼손에는 피리를 들고 오른
손에는 일산을 들고 서로 돌아보면서 회풍곡(回風曲)을 불렀는
데, 그 노래는 이러했다.

> 산기슭에 계신 님은 덩굴 풀로 옷 해 입었네.
> 해는 저물어 비단결 고운 물결 이는구나.
> 나부끼는 바람에 귀밑머리 헝클어지고
> 뭉게뭉게 구름 일고 옷자락은 너울너울
> 빙빙 돌며 휘날리니 예쁜 웃음으로 마주치네.
> 내가 입은 홑옷은 여울 위에 던지고
> 내가 꼈던 가락지는 모래밭에 벗어 두네.
> 금잔디에 이슬 젖고 높은 산에 안개 끼어
> 높고 낮은 저 봉우리 강 위의 푸른 소라 같네.
> 이따금 들리는 징소리에 취한 춤이 비틀비틀
> 강물처럼 넘치는 술에 산같이 쌓인 고기라.
> 손님은 이미 취하셨네 새 노래를 지어 부르세.
> 몸 잡고 서로 끌며 손뼉 치고 웃음 웃네.
> 옥 술병 두드리며 한없이 마셨으니
> 맑은 흥취 무르익자 슬픈 마음 절로 나네.

 노래를 마치자 용왕은 기뻐하여 술을 부어 권하였다. 그리고
스스로 옥룡적(玉龍笛)을 불고 수룡음(水龍吟)[16] 한 가락을 노래

---

16) 고려시대의 연례악의 하나.

하여 그 기쁜 흥취를 도왔다.

풍류 소리 유랑한데 또 한 잔 가득 부어
기린 무늬 항아리엔 이름난 술 가득하네.
처량한 저 피리를 비껴 쥐고 한번 불어
하늘 위의 푸른 구름 쓸어 본들 어떠하리.
물결을 충돌하여 좋은 풍월 새 곡조여
경치는 한가한데 이 인생 늙는구나.
애달퍼라 빠른 세월 풍류조차 꿈이런가.
기쁨도 간데 없으니 이 시름을 어이하리.
서산에 낀 저 연기는 이 저녁에 없어지고
동쪽 봉우리 둥근 달이 기쁘게도 돋아 오네.
술잔을 높이 들어 저 달에게 물어 보자.
진세의 온갖 태도 몇 번이나 겪어 왔나.
금술잔에 술을 두고 님은 이미 취했구나.
옥산(玉山)[17]이 무너진들 그 뉘라서 자빠뜨려
아름다운 님이시여! 십 년 진토 근심 잊고
푸른 하늘 높은 곳에 유쾌하게 놀아 보세.

노래를 마치고 용왕은 좌우를 둘러보면서 말했다.
"이곳의 놀이는 인간 세계와 같지 아니하니 그대들은 귀하신 손님을 위하여 각기 재주를 보이도록 하여라."
그러자 한 사람이 스스로 곽개사(郭介士)[18]라 일컬으며 발꿈치

17) 남의 취중의 풍채를 칭찬하는 말. 18) 게의 별칭(別稱). 곽삭(郭索)의 곽(郭)으로 성을 삼고 횡행개사(橫行介士)로 이름을 삼았음.

를 들고 모로 걸어서 앞으로 나왔다.

"저는 산 속에 숨어 사는 선비요, 바위 틈에 사는 한가한 사람입니다. 8월에 가을 바람이 맑으면 동해안에 벼까라기를 운반하고, 높은 하늘에 구름이 흩어질 때면 남정(南井)¹⁹⁾ 곁에서 빛을 토했습니다. 속은 누렇고 겉은 둥글며 단단한 갑옷을 입고 날카로운 창을 가졌습니다. 재미와 풍류는 장사(壯士)의 낯을 기쁘게 해주고 뒤뚱거리는 모습은 부인들에게 웃음을 주었습니다. 그러니 내 마땅히 다리를 들고 춤을 추어 보겠습니다."

곽개사는 곧 그 자리에서 갑옷을 입고 창을 들고서 침을 흘리며 눈을 부릅뜬 채 사지를 흔들면서 앞으로 나아갔다 뒤로 물러났다 하며 팔풍무(八風舞)²⁰⁾를 추는데, 그의 동류 수십 명이 춤추는 태도가 모두 법도에 맞았다. 이때 곽개사는 노래 한 곡조를 불렀다.

> 강과 바다를 의지하여 비록 구멍 속에 살고 있을망정
> 기운을 토할시면 범과도 싸우리라.
> 이 몸이 구 척이라 상감 앞에 진상하고
> 종류는 열 갈래니 이름도 많을세라.
> 님의 기쁜 잔치 발꿈치 들고 모로 걷네.
> 깊이 잠겨 있었더니 강나루의 등불에 놀라
> 은혜를 갚으려고 구슬 눈물 흘리는 것인가.
> 원수를 갚으려고 날쌘 창을 뽑았던가.
> 무장공자(無腸公子)²¹⁾라고 웃지 마오 쌓인 덕이 군자라네.

---

19) 별 이름. 20) 춤의 하나. 음란하고 추악한 춤. 21) 게의 별칭. 창자가 없다는 뜻.

온 사지에 사무쳐서 다리가 옥같이 불퉁하다.
오늘 밤이 어떤 밤인가 요지(瑤池)²²⁾의 잔치에 내가 왔네.
님께서 노래하자 손님도 취하셨네.
황금전(黃金殿) 위 백옥상에 잔 돌리며 풍류 지으니
퉁소 소리 쉴 새 없고 좋은 술에 취해 보세.
산귀(山鬼)도 춤을 추고 물고기도 뛰노누나.
산의 개암과 들의 복령(茯苓) 님 생각이 절로 나네.

자리에 있던 모든 사람들은 춤추는 모습을 보고 웃음을 참지 못했다.
그러자 또 한 사람이 현선생(玄先生)²³⁾이라 자칭하며 꼬리를 끌면서 목을 늘이고 눈을 부릅뜨고 나와서 말했다.

"저는 시초(蓍草)²⁴⁾ 그늘에 숨어 살고 있으며 연잎에 노는 사람입니다. 낙수(洛水)에서 등에 글을 지고 나와 성스러운 하우(夏禹)²⁵⁾의 공로를 나타냈으며, 맑은 강에서 그물에 걸려 송원군(宋元君)²⁶⁾의 꾀를 성공시켰습니다. 신기한 점(占)은 세상의 보배가 되고, 삼엄한 무기는 장사의 기상입니다. 노오(盧敖)²⁷⁾는 바다 위에서 나를 걸터앉았고, 모보(毛寶)²⁸⁾는 나를 강물에 놓아 주었

---

22) 중국 곤륜산에 있다는 연못. 선인(仙人)이 살았다고 함. 주(周)나라 목왕(穆王)이 서왕모(西王母)를 만났다는 이야기로 유명함. 23) 거북의 별칭. 24) 톱풀. 25) 하나라의 우왕. 홍수를 다스리는데 낙수에서 신령스런 거북이 나왔다고 함. 26) 송나라 사람 원군. 꿈을 꾼 후 신령스런 거북을 얻어, 그것을 죽여서 점을 치니 실책(失策)이 없었다고 함. 27) 진(秦)나라 사람. 북해(北海)에서 놀 때에 거북의 등에 걸터앉아 조개를 잡아먹었다 함. 28) 진(晉)나라 사람. 기르던 거북을 놓아 주었더니 후에 그 거북이 생명을 구해 주었다고 함.

습니다. 살아서는 보배요 죽어서도 신령이니 내 마땅히 노래 한 곡조를 불러 천 년에 쌓인 회포를 풀어 보겠습니다."

현선생은 기운을 토하니 실오라기처럼 그 길이가 백여 척이나 되었고 기운을 들이마시니 자취가 없어졌다. 그렇게 목을 움츠렸다 뽑았다 하더니 얼마 지나지 않아 조용히 구공무(九功舞)[29]를 추며 홀로 나아갔다가 물러섰다 하면서 노래를 불렀다.

산택(山澤)에 의지하여 호흡으로 길이 살으니
천년 긴 세월 열 꼬리[30] 흔들면 모르는 것 없으리라.
내 비록 긴 꼬리를 진흙 속에 끌지라도
묘당(廟堂)에 간직함은 내 소원이 아니로다.
약 없어도 오래 살고 배운 것 없어도 통령(通靈)하네.
성스러운 님을 만나 온갖 상서로움 나타내며
수족(水族)의 어른 되어 숨은 이치 연구하고
문자 그려 등에 지고 길흉사를 가르쳐 주네.
슬기가 많다 해도 곤액(困厄)에는 할 수 없고
재능이 많다 해도 못 미칠 일 있으리라.
죽음을 면하려니 물고기를 벗삼아
발 들고 목을 뽑아 높은 잔치에 참석했네.
님의 조화 축하하려 힘차게 붓을 휘두르고
술 드리자 풍류 일어 즐겁기가 한이 없네.
북 치고 퉁소 부니 도롱뇽도 춤을 추네.

---

29) 당나라 때의 춤 이름. 본래 이름은 공성경선악(功成慶善惡). 30) 백거이(白居易)의 〈백공육첩(白孔六帖)〉에 "龜九歲一尾千歲十尾"라 했다.

산도깨비 물신령들 빠짐없이 다 모였네.
뜰 앞에서 춤도 추고 손뼉치며 웃어 보세.
해 저무니 바람 불어 고기 뛰고 물결 일 제
어찌 항상 좋을건가 내 마음이 슬프구나.

　곡조가 끝났어도 그 춤들은 너무나 황홀하여 이루 형용할 수
가 없었으며 사람들은 모두 기쁨을 감추지 못했다.

3

　그 뒤를 이어 숲 속의 도깨비와 산에 사는 괴물들이 나서서
각기 재주를 자랑하였다. 휘파람을 불기도 하고 노래도 부르며
피리도 불고 글도 외우는데, 모양은 서로 같지 않으나 그들의 소
리는 모두 똑같았다.

깊은 물에 계신 님이 하늘에 오르셨네.
오오 님이시여! 복락을 천년 만년 누리소서.
귀한 손님 맞이하니 얌전할샤 신선이네.
새 곡조를 노래하니 구슬처럼 구르는데
옥석에 깊이 새겨 길이길이 전하리라.
님께서 돌아갈 제 이 잔치를 벌였구나.
채련곡(採蓮曲)[31]을 부르며 예쁜 춤을 나풀나풀

───────────────
31) 남녀의 사랑을 다룬 노래.

쇠북 소리 울리니 거문고로 화답하네.
배 저어라 한 소리에 고래처럼 숨을 쉬네.
예식들을 갖추니 즐거움이 끝이 없네.

그 다음에는 강하(江河)의 군장(君長)인 세 손님들이 꿇어앉아 각각 시 한 수씩을 지어 용왕님께 올렸다.
첫 번째로 조강신의 시는 이러했다.

바다 향해 흐르는 물 장한 기세 쉼이 없어
힘차게 이는 물결 위에 가벼운 배 띄웠네.
구름이 흩어진 뒤 밝은 달 물에 잠겨
밀물이 일려 할 제 건들바람 섬에 가득하네.
따스한 햇빛에 물고기들이 출몰하고
맑은 물결에 해오라기 오며 가며 노니네.
사나운 파도 속에 시달리던 이 몸인데
기쁘도다 오늘 저녁 온갖 근심 다 녹았네.

두 번째로 낙하신의 시는 이러했다.

오색 영롱한 꽃은 그림자조차 가렸고
대그릇과 악기들은 질서 있게 늘어서 있네.
운모 휘장 두른 곳에 노랫소리 즐겁고
수정 주렴 드리운 속엔 덩실덩실 춤을 추네.
성스러운 용왕님이 항상 이곳에 계실까.
아름답다 귀한 문사 자리 위의 보배로다.

어찌하면 긴 끈으로 지는 해를 잡아맬까.
이 좋은 봄에 흠뻑 취해 놀고 간들 어떠하리.

세 번째로 벽란신의 시는 이러했다.

님은 취하시어 높은 상에 기대고
부슬부슬 산비 내려 해는 이미 석양일세.
고운 춤 나풀거려 비단 소매 휘날릴 때
맑은 노래 가늘어져 대들보 안에 울리네.
저 섬에서 묵은 외로운 회포 몇 해인가?
오늘에야 기쁘게도 백옥잔 들고 있네.
속절없이 흐르는 세월을 그 누가 알 것인가?
예나 지금이나 세상일은 바쁘기만 하구나.

　　용왕은 그들의 시를 차례로 읊고 나서 한생에게 주었다. 한생
은 이 글들을 받아 꿇어앉아 읽은 뒤에 곧 장편시(長篇詩) 한 수
를 지어 이 성대한 잔치를 찬미했다.

천마산 높이 솟아 폭포수는 공중에서 흘러
숲을 뚫고 급히 흘러 시내를 이루었네.
물 가운데 달 잠기고 그 밑에는 용궁이라
신기 변화의 자취 남기고 높이 올라 공을 세워
가는 안개 자욱한데 상서로운 바람이 부네.
상제에게 명을 받아 푸른 섬 보살필 제
구름 타고 조회하고 말을 달려 비 내리네.

금궐(金闕) 위에 잔치 열고 옥계(玉階) 앞에 풍류 지어
이름난 술잔에 운기(雲氣) 뜨고 연잎에 이슬 맺네.
위의(威儀)도 무겁지만 예법은 더욱 높네.
의관은 찬란하고 패옥 소리 쟁쟁한데
자라가 축수하고 물신령도 모여 있네.
조화가 얼마나 황홀한가 숨은 덕이 더욱 깊네.
북을 치니 꽃이 피고 술잔 속엔 무지개 이네.
천녀(天女)는 옥저 불고 서왕모(西王母)[32]는 거문고 타
네.
술 한 잔 또 부어라 만수무강 삼창하네.
얼음 같은 과실에 반 위의 수정과
온갖 진미에 배부르고 깊은 은혜 뼈에 스며
바닷물을 마신 듯이 봉래산에 구경 온 듯
즐거운 뒤 이별이라 풍류조차 꿈결 같네.

한생의 시를 듣고 모두들 탄복해 마지 않았다. 용왕은 한생에게 감사의 뜻을 표하면서 말했다.

"마땅히 이 시를 금석(金石)에 새겨 영원히 보배로 삼겠습니다."

한생은 사례한 뒤에 용왕에게 말하였다.

"용궁의 좋은 일들은 잘 보았습니다. 이 도시의 장한 형세와 건설의 번화함도 자유로이 구경할 수 있겠습니까?"

"그렇게 하십시오."

32) 중국 신화에 나오는 신녀(神女)의 이름.

한생이 용왕의 허가를 얻어 문 밖에 나와서 주위를 둘러보니 오색 구름이 온통 둘려 있어 동서를 분간할 수 없었다.

용왕이 명하여 그 구름을 걷게 하자, 한 사람이 뜰에 서서 입을 오므리고 공중을 향하여 한번 불어 버리니 천지가 갑자기 환해지면서 산과 바위들이 갑자기 사라지고 한 넓은 세계가 보이는데, 그곳에는 온갖 화초가 벌여 있고 평탄한 금모래 주위에 금성(金城)을 쌓아 놓았으며 그 가운데에는 푸른 유리 벽돌을 펴두어 빛이 찬란하였다.

한생은 용왕의 명에 의해 두 신하의 인도를 받으며 관람하고 다니다가 한 곳에 이르니 높은 누각 하나가 있는데 그 이름이 조원지루(朝元之樓)[33]라 하였다. 이 누각은 전체가 파려(玻瓈)[34]로 되어 있고 구슬과 옥으로 꾸민 뒤에 금벽(金碧)을 칠한 것이었다. 그 위에 오르는데 마치 공중을 밟는 것과 같았다. 층계가 열 개인데 한생이 여덟 번째 층계에 오르려 하자 사자가 만류하는 것이었다.

"여기는 다만 용왕님께서 신력(神力)으로 오르시는 곳입니다. 저희들도 그 위는 아직 보지 못했습니다."

이 누각의 위층은 구름 위에 솟아 있어 보통 사람으로서는 도저히 오를 수 없는 곳이었다. 한생은 할 수 없이 내려와서 다른 누각에 이르렀는데 곧 능허지각(凌虛之閣)이었다.

한생이 물었다.

"이곳은 뭘 하는 곳입니까?"

"용왕님께서 하늘에 조회하실 때 모든 행장과 의관을 차리시

---

33) 하늘에 조회하는 누각. 34) 유리 또는 수정. 불교에서 일곱 가지 보석 중 하나.

는 곳입니다."

한생은 그 기구들을 구경시켜 달라고 청했다. 사자가 인도한 곳에 이르니 어떤 물건이 있는데 모양이 둥근 거울과 같고 빛이 번득여 바라볼 수가 없었다. 한생이 물었다.

"이것은 무엇입니까?"

사자가 대답했다.

"번개를 맡은 전모(電母)의 거울입니다."

또 옆에 마치 북처럼 생긴 물건이 있어 한생이 이를 한번 쳐 보려 하자 사자가 이를 말리며 말했다.

"이 북을 치면 온갖 물건이 다 진동하게 되는 바, 이것은 천둥을 치게 하는 뇌공(雷公)의 북입니다."

또 마치 목탁처럼 생긴 물건이 있어 한생이 두드리려 하자 사자가 말리며 말했다.

"이것은 바람을 일으키는 목탁입니다. 만일 이것을 한번 흔들면 산의 바위가 구르게 되고 큰 나무가 뽑힙니다."

또 한 물건이 있는데 모양이 청소할 때 사용하는 비와 같고 그 옆에는 물을 담아 놓은 항아리가 있었다. 한생이 비를 들어 그 물을 뿌려 보려고 하자 사자가 또 말리며 말했다.

"만일 이 비를 한번 뿌리면 홍수가 나서 세상은 물바다가 될 것입니다."

이에 한생이 물었다.

"그러면 어찌해서 구름을 불어 내는 기구는 비치하지 않았습니까?"

사자가 말했다.

"구름은 용왕님의 신력으로써만 되는 것이지 기계 같은 것으로 이루어지는 것이 아닙니다."

"그렇다면 천둥, 번개, 비 같은 것을 맡은 분은 어디에 계십니
까?"

"옥황 상제님께서는 그들을 가두어 두었다가 우리 용왕님께서
나오시면 그때 집합시키십니다."

그 외에도 많은 기구가 있었지만 일일이 다 알 수가 없었다.
다만 길이가 긴 건물 하나가 둘려 있는데 문에는 튼튼한 자물쇠
가 채워져 있었다.

한생이 물었다.

"여기는 무엇을 하는 곳입니까?"

사자가 대답했다.

"자세히는 모르겠지만 용왕님께서 칠보(七寶)를 간직해 두신
곳이라고 들었습니다."

한생은 얼마 동안 구경했으나 다 보기에는 너무 힘들어 그만
돌아가려 했다. 그러나 문들이 겹겹이 하도 많아 나갈 곳을 알
수가 없었다. 한생은 사자에게 길을 인도해 달라고 청한 뒤에야
비로소 본래 있던 곳으로 되돌아와 용왕께 감사의 뜻을 표했다.

"용왕님의 높으신 은덕으로 속세에서 구경할 수 없는 좋은 경
치를 마음껏 구경했습니다."

한생은 두 번 절하고 작별의 인사를 올렸다. 이에 용왕은 산호
반(珊瑚盤) 위에 깨끗한 구슬 두 개와 빙초(氷綃) 두 필을 담아
서 노자에 쓰라고 준 뒤에 문 밖까지 나와서 전송했다. 이때 그
세 손님도 함께 하직하고 떠났다.

용왕은 두 사자에게 명해서 산을 뚫고 물을 헤치는 기구를 가
지고 한생을 인도하게 했다. 이때 사자 한 사람이 한생에게 말했

다.

"제 등에 올라타셔서 잠시 눈을 감으십시오."

한생은 그대로 하였다. 그러자 또 한 명의 사자가 기구를 들고 앞길을 인도하는데 마치 몸이 공중으로 날아가는 것 같고 다만 바람소리와 물소리만 들릴 뿐이었다. 이윽고 그 소리가 그쳐 한생이 눈을 떠보니 자신의 집 방에 누워 있는 것이었다.

한생이 놀라 얼른 문 밖으로 나가 보니 하늘에는 별이 희미하고 닭은 세 홰나 울어 밤이 이미 오경(五更)이나 되었다. 급히 품속에 손을 넣어 보니 용왕이 준 구슬과 빙초가 들어 있었다. 한생은 이것을 대나무 상자에 깊이 간직하고 남에게는 보이지 않았다.

그 뒤에 한생은 세상의 명예와 이익을 마음에 두지 않고 명산(名山)으로 들어갔는데, 그가 어떻게 되었는지는 아무도 알 수 없었다고 한다.

화왕계

(花王戒)

작자 : 설총(薛聰)

신라 경덕왕 때의 학자로서 생몰년대는 미상이며 자는 총지(聰智), 호는 빙월당(氷月堂). 원효대사와 요석공주(瑤石公主) 사이에서 태어났다. 신라 10현(賢)의 한 사람. 벼슬은 한림(翰林)을 지냈고 주로 왕의 정치에 자문 역할을 했다. 설총이 이두를 창제했다고 알려져 있지만, 그가 생존하기 이전인 진평왕(579~631) 때의 〈서동요(薯童謠)〉나 선덕여왕(632~647) 때의 〈풍요(風謠)〉가 모두 이두로 기록되어 있는 것으로 보아, 그가 창제한 것은 아니고 집대성해서 완성시킨 것으로 보인다.

〈화왕계〉는 꽃을 의인화하여 왕을 풍자한 작품으로 고려의 가전(假傳), 조선의 우화(寓話)적인 작품들의 효시(嚆矢)라고 하겠다.

화왕계(花王戒)

옛날에 화왕(花王 : 꽃 임금)이 처음으로 이 세상에 왔는데 그는 모란이었다. 향기로운 화원에 심고 푸른 휘장으로 둘러치고선 임금님으로 받들어 모셔졌다.

바야흐로 찬란한 봄이 돌아와 온갖 예쁜 꽃들이 피어났는데 화왕은 유난히 곱고 탐스러운 꽃을 피워 빼어나게 아름다웠다.

가까운 곳으로부터 먼 곳에 이르기까지 영묘한 기운과 요요한 향기를 풍기므로 온갖 꽃들이 다투어 화왕을 뵈러 왔다. 깊고 그윽한 골짜기의 맑은 정기를 타고난 탐스러운 꽃들과 양지바른 동산에서 싱그러운 향기를 맡으며 피어난 꽃들이 앞을 다투어 모여들었다.

이때 문득 한 아름다운 이가 앞으로 나왔는데, 붉은 얼굴에 옥 같은 이[齒]와 깨끗한 옷으로 몸을 단장하고는 아주 맵시있고 얌전하게 걸어 나왔다.

그리고 화왕에게 아뢰었다.

"이 몸은 흰 눈 같은 모래 사장을 밟고 거울같이 맑은 바다를 대하며 봄비가 내리면 목욕하여 몸의 때를 씻고, 상쾌하고 맑은 바람 속에서 사는데 이름은 장미(薔薇)라 하옵니다. 임금님의 높으신 덕을 듣자옵고, 꽃다운 침소에 그윽한 향기를 더하여 모시고자 찾아왔사온데 전하께서는 이 몸을 받아 주실는지요?"

이때 베옷을 입고 허리에는 가죽띠를 두르고 손에는 지팡이를 짚고 머리는 백발인 한 장부(丈夫)가 둔중한 걸음으로 나오더니, 공손히 허리를 굽혀 화왕에게 아뢰었다.

"저는 서울 밖 한길 옆에 사는데 이름은 백두옹(白頭翁 ; 할미꽃)이라 하옵니다. 아래로는 창망(蒼茫)한 들판을 내려다보고 위로는 우뚝 솟은 산의 경치를 바라보고 살아왔지요. 가만히 보건대, 좌우에서 보살피는 신하는 고량진미(膏粱珍味)로써 배부르게 하고 향기로운 차와 술로써 정신을 맑게 해 드리고 있사옵니다. 충분히 저장한 좋은 약으로 전하의 양기를 돋게 하시더라도 모진 돌로써 나쁜 독을 제거해야 할 줄 아옵니다. 그래서 말하기를, '비록 명주나 삼베가 있어도 사초〔菅蒯〕라고 해서 버리는 일이 없고, 군자된 자는 부족에 대비하지 않음이 없다'[1] 하옵니다. 전하께서도 이러한 뜻을 가지고 계신지 모르겠습니다."

그러자 한 신하가 아뢰었다.

"전하께서는 이 두 사람 가운데 누구를 취하고 누구를 버리시겠습니까?"

화왕이 말하였다.

"장부의 말도 또한 도리(道理)가 있지만 아름다운 사람을 얻기도 어려우니 어찌하면 좋을꼬?"

장부가 다시 앞으로 나와 아뢰었다.

---

1) "雖有絲麻 無棄菅蒯" —— 《춘추좌전(春秋左傳)》에 나오는 말로 최선의 것이 있어도 차선의 것을 버리지 않음의 비유.

"제가 온 것은 전하께서는 총명하시어 모든 사리를 옳게 판단한다고 들었기 때문입니다. 하오나 지금 뵈오니 그렇지 않으시군요. 대체로 임금된 분들은 간사하고 아첨하는 자를 가까이하지 않고 정직한 자를 멀리하지 않는 분이 드뭅니다. 그래서 맹자(孟子)는 불우하게 일생을 마쳤고, 풍당(馮唐)²⁾은 낭관(郞官)으로 파묻혀 머리가 백발이 되었습니다. 예로부터 이러하오니 전들 어떻게 하겠습니까?"

그 말을 듣고 화왕은 말했다.

"내가 잘못했다. 내가 잘못했다."

2) 한나라 문제(文帝) 때 사람. 벼슬이 중랑서장(中郞署長)에 그침. 충간(忠諫)을 잘했음.

국순전

(麴醇傳)

작자 : 임춘(林椿)

고려 의종~명종 때의 문인으로 생몰년대는 미상. 자는 기지(耆之), 호는 서하(西河). 문명(文名)을 크게 떨쳤으나 과거에는 여러 번 낙방했다. 정중부(鄭仲夫)의 난 때 피신하여 간신히 목숨을 건졌으나 가난한 삶을 영위해야만 했다. 이인로(李仁老), 오세재(吳世才) 등과 함께 강좌칠현(江左七賢)의 한 사람으로 한평생 시와 술로 세월을 보냈다. 그는 특히 시에 뛰어났는데 30세에 요절하여 불우한 생을 마쳤다. 그가 죽은 후 이인로에 의해 그의 작품집 《서하선생집(西河先生集)》 6권이 간행되었다.

〈국순전〉은 가전의 효시 작품으로서 술을 의인화하여 그 폐해를 지적하면서, 당시의 왕과 벼슬아치들에 대한 불만을 토로하고 있다. 임춘의 또다른 가전 작품으로는 돈을 의인화한 〈공방전〉이 있다.

국순전(麴醇傳)

　국순(麴醇)의 자(子)는 자후(子厚)다. 국순은 '누룩술'이란 뜻이요, 자후는 '거나하다'는 뜻이다. 그 조상은 농서(隴西) 사람으로 90대 할아버지 모(牟 : 보리)가 순(舜)임금 시대에 농사에 대한 행정을 맡았던 후직(后稷)이라는 현인을 도와서 백성들을 먹여 살린 공로가 있었다. 모가 인간을 먹여 살린 공로를 《시경(詩經)》에서는 이렇게 말했다.

　"내게 그 보리를 물려주었도다(貽我來牟)."

　모는 벼슬을 하지 않고 밭이랑 속에 묻혀 숨어 살면서 말했다.

　"나는 반드시 밭을 일군 뒤에야 먹으리라."

　모에게 자손이 있다는 말을 듣고, 임금은 조서(詔書)를 내려서 수레를 보내 그를 오게 하였고, 그가 사는 고을에 명하여 그의 집에 후하게 예물을 보내도록 했다. 또한 신하에게 명하여 친히 그의 집에 가서 신분이 귀하고 천한 것을 잊고 방아와 절구에서 교분을 맺고 빛을 쪼여 세상과 섞이니 따뜻한 기운이 스며들고 그리하여 점점 상대방을 감화하여 가까워지는 맛이 있게 되었다. 이에 모는 기뻐하여 말했다.

　"내 일을 이루게 해 주는 것은 친구라고 하더니 그 말이 과연 옳구나."

차츰 그가 맑고 덕이 있다는 소문이 퍼져 임금의 귀에까지 들리게 되자 임금은 그에게 정문(旌門)[1]을 내렸다. 그리고 임금을 좇아 원구(圓丘)에 제사 지내게 하고, 그 공로로 중산후(中山侯)를 봉하고, 식읍(食邑)[2] 1만 호에, 실지로 수입하는 것은 5천 호가 되게 하고 국씨(麴氏) 성(姓)을 하사했다.

그의 5대손은 성왕(成王)을 도와 종묘 사직(宗廟社稷)을 지키는 데 힘써 태평한 세상을 이루었다. 그러나 강왕(康王)이 왕위에 오르면서부터 점점 푸대접을 받더니 마침내는 금고형(禁錮刑)을 받게 되고 국가의 명령으로 꼼짝 못 하게 되었다. 그래서 후세에 와서는 나타난 자가 없이 모두 민간에 숨어 지낼 뿐이었다.

위(魏)나라 초기에 이르러 순(醇)의 아비 주(酎)[3]의 이름이 세상에 알려지기 시작했는데 상서랑(尙書郎) 서막(徐邈)과는 스스럼없이 지냈는데 서막은 조정에 나아가서도 언제나 주의 말을 하였다.

어느 날 한 신하가 임금에게 아뢰었다.

"서막이 국주(麴酎)와 사사로이 친하게 지내고 있습니다. 만일 그대로 두었다가는 장차 조정을 어지럽힐 것이옵니다."

이 말을 듣고 임금은 서막을 불러 힐책하니 서막은 머리를 조아리면서 아뢰었다.

"신(臣)이 국주와 친하게 지내는 것은 그에게 성인(聖人)의 덕이 있사옵기에 때때로 그 덕을 마셨을 뿐이옵니다."

---

1) 충신, 효자, 열녀 등을 표창하기 위해 집 앞이나 마을 앞에 세우던 붉은 문. 홍문(紅門)이라고도 함. 2) 국가에서 공신에게 내려, 개인이 조세를 받아 쓰게 한 영지. 3) 다른 것을 섞지 않고 햇곡식으로만 세 번 빚은 전국술.

임금은 서막을 책망하고는 내보내고 말았다.

진(晉)나라가 선위(禪位)를 물려받자 주는 세상이 장차 어지러워지리라는 것을 미리 알고는 유령(劉伶), 완적(阮籍)[4]의 무리들과 죽림(竹林) 속에서 놀다가 세상을 마쳤다.

순(醇)은 도량이 넓고 커서 마치 끝없이 넓은 바다 물결과도 같았다. 억지로 맑게 하려고 해도 더 맑아지지 않았고, 아무리 휘저어도 더 흐려지지 않았다. 그 고상한 맛은 한 세상을 뒤덮어 사람에게 기운을 더해 주기도 했다.

어느 날 섭법사(葉法師)에게 나아가 종일토록 함께 담론한 일이 있었다. 이때 좌중 사람들은 그의 말을 듣고 몹시 즐거워하였는데 이때부터 그의 이름이 세상에 알려지기 시작했다. 사람들은 그를 국처사(麴處士)라고 부르며 위로는 공경대부(公卿大夫)와 신선(神仙), 방사(方士)[5]로부터 아래로는 남의 집 머슴, 나무꾼, 오랑캐, 외국 사람들까지 그의 향기로운 이름을 맛본 사람은 모두 그를 흠모했다.

이들은 여럿이 모였다가도 만일 국처사가 오지 않으면 모두 근심스런 표정으로 입을 모아 말하곤 했다.

"국처사가 없으니 자리가 즐겁지 않다."

당시 사람들은 이 정도로 그를 소중히 여겼다.

태위(太尉) 산도(山濤)[6]는 사물에 대한 견식이 있는 사람이었다. 하루는 그가 국처사를 가리키며 이렇게 말했다.

"어떤 늙은 할미가 이렇게 대단한 아이를 낳았는가. 그러나 이

---

4) 진(晉)나라 때 죽림칠현(竹林七賢)에 속한 사람들. 죽림칠현은 당시 노장(老莊)의 무위사상(無爲思想)을 숭상하며 죽림에 모여 소위 청담(淸談)을 일삼았다. 그 중에서도 유령은 특히 술을 좋아했다. 5) 신선의 술법을 닦는 사람. 6) 진나라 때 죽림칠현의 한 사람.

놈은 세상 사람들을 반드시 그르치게 할 것이다."

관청에서는 그를 불러 청주종사(靑州從事)[7]로 삼았다. 그러나 격(鬲)[8]의 위에 있는 것이 마땅한 벼슬자리가 아니라고 해서 평원독우(平原督郵)[9]를 시켰다. 그러나 얼마 되지 않아서 그는 자신의 처지를 탄식했다.

"내가 한낱 얼마 되지 않는 녹(祿) 때문에 남들에게 허리를 굽혀야 한단 말인가. 차라리 마을의 술자리에 가 서서 이야기하면서 노는 게 낫겠다."

그는 이렇게 말하고는 벼슬을 사직하고 돌아갔다. 이때 관상을 잘 보는 사람 하나가 말했다.

"그대의 얼굴에 붉은 기운이 퍼져 있으니 훗날에는 반드시 귀하게 되어 천종(千鐘)의 녹(祿)을 받게 될 것이오. 때를 기다리면 누군가가 비싼 값을 내고 데려갈 것이다."

진(陳)의 후주(後主) 때가 되어 양가(良家)의 아들로서 주객원외랑(主客員外郞)이 되었다. 임금은 그의 재능과 도량을 알아보고 보통 사람과 다르게 여겨 장차 크게 쓸 마음을 가져, 이내 쇠로 만든 사발로 덮어서 걸러 가지고 벼슬을 올려서 광록대부 예빈랑(光祿大夫禮賓郞)으로 삼고, 공(公)의 작위에 오르게 했다.

임금과 신하가 회의를 할 때에는 반드시 순(醇)을 시켜 잔을 채우게 했으며, 순이 행동하고 수작하는 것이 임금과 신하들의 뜻에 아주 잘 맞았다.

임금은 그를 몹시 칭찬하여 말했다.

"경(卿)이야말로 이른바 곧고도 맑은 사람이도다. 내 마음을

---

7) 좋은 술의 비유. 8) 발이 굽은 솥. 9) 나쁜 술의 비유.

열어 주고 일깨워 주는구나."

이리하여 순은 권세를 얻어 마음대로 일을 하게 되었다. 어진 사람을 사귀고 손님을 접대하고 늙은이를 받들어 술과 고기를 주거나 귀신과 종묘에 제사 지내는 일들을 모두 순이 맡아서 했다. 임금이 밤에 잔치를 벌일 때에도 오직 순과 궁인(宮人)만이 곁에서 모실 수 있었고, 그 밖의 사람은 비록 아무리 가까운 신하일지라도 옆에 가지 못했다.

이로부터 임금은 나라 일은 뒷전이고 날마다 몹시 취해서 지내게 되었다. 순은 또 임금의 입에 마치 재갈을 물린 듯이 해서 아무런 말도 못 하게 했다. 이렇게 되자 예법을 아는 선비들은 순을 마치 원수처럼 미워하게 되었다. 하지만 임금은 항상 순을 보호해 주었다. 그런데 순은 재산 모으기를 몹시 좋아했다. 그래서 당시 사람들은 그를 더욱 추하게 여겼다.

어느 날 임금이 물었다.

"경(卿)은 무슨 버릇이 있느냐?"

순이 대답했다.

"옛날에 두예(杜預)¹⁰⁾는 《좌전(左傳)》을 읽는 버릇이 있었고, 왕제(王濟)는 말을 타는 버릇이 있었습니다. 신(臣)에게는 돈 모으는 버릇이 있습니다."

임금은 한번 크게 웃고는 더욱 특별히 돌보아 주었다.

하루는 순이 임금 앞에 나아가 아뢰게 되었는데 본래 순의 입에서는 냄새가 났다. 임금은 이것을 싫어해서 말했다.

"이제 경은 늙어서 내 곁에서 일을 하기가 힘든 것 같구먼!"

---

10) 중국 진나라의 정치가.

순은 관(冠)을 벗고 사죄했다.

"신이 높은 벼슬을 받고도 남에게 물려주지 않으면 끝내는 몸을 망칠 염려가 있사오니 바라옵건대 신을 제 집으로 돌아가게 해 주시면, 신은 그것으로 저의 분수를 알겠나이다."

이에 임금은 좌우 신하들에게 명하여 순을 부축케 하여 집으로 돌려보냈다. 그런데 집에 돌아온 순은 갑자기 병이 들어 하루 저녁에 죽고 말았다.

순에게는 아들이 없었다. 다만 아우뻘이 되는 먼 친척 청(淸)이 있는데 당(唐)나라에 벼슬하여 내공봉(內供奉)까지 지냈으며, 청의 자손이 온 중국에 번성하였다.

사신(史臣)은 다음과 같이 말했다.

"국씨(麴氏)의 조상이 백성에게 공이 있었고, 청백(淸白)한 것을 그 자손에게 물려주었다. 그것은 마치 창(鬯)[11]이 주(周)에 있는 것과 같아 향기로운 덕이 하느님에까지 이르렀으니, 가히 그 조상의 풍채와 태도가 있다 하겠다. 순은 들고 다니는 병에 지나지 않는 지혜를 가지고 독을 묻은 들창에서 일어나서 일찍이 금사발 속에 드는 영광에 선발되었다. 그리하여 술단지와 술상 사이에 서서 담론하면서도 옳은 것을 받아들이고 그른 것을 물리치지 못해서 왕실(王室)을 어지럽히더니, 몸이 앞으로 엎어지는데도 이를 일으키지 못해서 결국 세상 사람들의 비웃음거리가 되었으니, 옛날 거원(巨源)[12]의 말이 가히 믿을 만하도다.

---

11) 창주(鬯酒). 옻기장을 재료로 하여 빚은 술 이름. 12) 죽림칠현의 한 사람인 산도(山濤).

국선생전

（麴先生傳）

작자 : 이규보(李奎報)

1168~1241(고려 의종 22~고종 28). 초명은 인저 (仁氐), 자는 춘경(春卿), 호는 백운거사(白雲居士)·지헌(止 軒)·삼혹호 선생(三酷好先生). 본관은 여흥(驪興). 명종 19 년에 사마시(司馬試), 이듬해에 문과에 급제. 그는 걸출한 시 호(試豪)로서 호탕 활달한 시풍으로 당대를 풍미하였다. 그는 여러 벼슬을 지냈는데 벼슬에 임명될 때마다 그 감상을 읊은 즉흥시로 특히 유명했다. 몽고군의 침입을 진정표(陳情表)로 써 격퇴한 명문장가였다. 시와 술과 거문고를 즐겨 삼혹호 선 생이란 칭호를 들었고, 만년에는 불교에 귀의했다. 동국이상 국집(東國李相國集) 외에도 많은 저술이 있는데 소설로는 〈국 선생전〉과 〈백운소설(白雲小說)〉이 있다.

　〈국선생전〉은 술을 의인화한 작품으로 임춘의 〈국순전〉과 는 달리 술의 덕을 높이 평가하고 있다.

국선생전(麴先生傳)

국성(麴聖)[1]의 자는 중지(中之)이고, 주천(酒泉)에 살고 있었다.

어릴 때에는 서막(徐邈)에게서 사랑을 받았는데 서막이 그의 이름과 자를 지어 주었다.

그의 옛 조상은 원래 온(溫)이라는 땅에서 살았다. 그곳에서 항상 애써 농사를 지었기 때문에 넉넉하게 먹고 살았다. 정(鄭)나라가 주(周)나라를 칠 때 그를 잡아갔기 때문에 몇몇 자손들은 정나라에 흩어져 살기도 한다.

국성의 증조부에 대해서는 역사에 실려 있지 않고 조부인 모(牟)[2]가 주천이라는 곳으로 옮겨 와서 살기 시작해 그의 아버지도 여기서 살아서 드디어 주천 사람이 되었다고 한다.

그의 아버지인 차(醝)[3]에 이르러서는 벼슬을 했다. 집안에서 처음 하는 벼슬이었는데 차는 평원독우(平原督郵)가 되어, 농사의 행정을 맡은 귀족 곡씨(穀氏)의 딸과 결혼해서 성(聖)을 낳았다.

성은 어려서부터 도량이 넓었다. 하루는 손님들이 그의 아비를

---

1) 맑은 술을 성인에다 비유한 말. 2) 보리의 일종. 3) 흰 술.

찾아왔다가 성을 유심히 보고 사랑스러워하며 말했다.

"이 아이의 마음과 생각이 몹시 크고 넓어서 넘실거리는 만경(萬頃)의 물결과도 같소. 더 맑게 하려 해도 맑아질 것이 없고, 흔들어도 더 흐려지지 않소. 그러니 그대와 이야기하느니보다는 차라리 성과 이야기하는 것이 훨씬 즐겁겠소."

성은 자라서 중산(中山)의 유령(劉伶), 심양(瀋陽)의 도잠(陶潛 ; 도연명)과 친구가 되었다. 이 두 사람은 이렇게 말했었다.

"단 하루라도 국성을 보지 않으면 마음 속에 비루하고 이상한 생각이 생긴다."

그래서 이들은 서로 만나기만 하면 며칠 동안 모든 일들을 잊고 마음이 황홀해져서 헤어지는 것이었다. 국가에서 성에게 조구연(糟丘椽)을 시켰지만 부임하지 않으니 또 청주종사(靑州從事)로 다시 불렀고, 공경(公卿)들이 계속하여 그를 조정에 천거했다. 이에 임금은 공거(公車)[4]에 명하여 그를 데려오게 해서는 유심히 보고는 말했다.

"저 사람이 바로 주천의 국생인가? 내 그대의 향기로운 이름을 이미 오래 전부터 들었다."

이보다 앞서 태사(太史)가 임금께 아뢰었다.

"지금 주기성(酒旗星)[5]이 크게 빛을 발합니다."

이렇게 아뢴 지 얼마 안 되어 성이 도착하니 임금은 이 일로 인해 더욱 성을 기특하게 생각하였다.

임금은 즉시 성에게 주객랑중(主客郎中)이라는 벼슬을 주고,

---

4) 임금에게 올리는 상서를 받는 일을 맡은 관서(官署).   5) 향연(鄕宴). 음식을 맡은 별 이름.

얼마 안 되어 다시 국자제주(國子祭酒)를 주어서 예의사(禮儀使)
를 겸하게 하였다.

이로부터 모든 조정의 잔치나 종묘의 제사, 천식(薦食), 진작
(進酌)의 예 모두 임금의 뜻에 맞지 않는 것이 없었다. 이에 임금
은 그를 믿음직하게 여겨서 승진시켜 승정원(承政院) 재상의 직
임을 맡기고 융숭한 대접을 했다. 성이 입궐할 때에도 평교자를
탄 채로 대궐에 오르도록 하고, 이름을 부르지 않고 국 선생이라
일컬었다. 임금의 마음이 언짢음이 있을 때라도 성이 들어와 뵙
게 되면 임금은 마음이 풀어져 웃고는 했다. 성이 사랑을 받는
것은 대체로 이런 식이었다.

성은 원래 성질이 너그럽고 아량이 있어서 날이 갈수록 사람
들과 친하여졌고, 특히 임금과는 특별하였다. 그는 임금의 사랑을
더욱 받게 되어 항상 따라다니면서 잔치 자리에서 함께 놀았다.

성에게는 혹(酷), 포(醋), 역(醳) 세 아들이 있었다. 혹은 독한
술, 포는 진한 술, 역은 쓴 술이다. 이들은 그 아비가 임금의 총애
를 받는 것을 믿고는 방자하게 굴었다. 중서령(中書令) 모영(毛
穎:붓)이 임금에게 탄핵하는 글을 올렸다. 그 글은 이러했다.

"폐하의 총애를 받고 있는 신하가 그것을 남용하는 것을 천하
사람들은 모두 걱정하고 있습니다. 이제 국성이 조그만 재주를
갖고 조정에 쓰이고 있으며 벼슬이 3품에 올라서 많은 도둑을 궁
중으로 끌어들이고, 사람들의 몸과 명예를 해치기를 일삼고 있사
옵니다. 이것을 보고 모든 사람들이 분하게 여겨서 함께 부르짖
어 반대하며 머리를 앓고 힘들어합니다. 이런 자야말로 국가의
병통을 바로잡는 충신이 아니라 백성에게 해독을 주는 도둑이옵
니다. 더구나 성의 세 아들은 제 아비가 폐하께 총애받는 것을

믿고, 제 마음대로 행동하고 방자하게 굴어서 많은 사람들이 괴로워하고 있사옵니다. 바라옵건대 폐하께서는 이들에게 모두 사형을 내리셔서 사람들의 입을 막게 하시옵소서."

이 글이 임금에게 올려지게 되자 성의 세 아들은 즉시 독약을 마시고 자살했고, 성도 벌을 받아 서민으로 폐해졌다. 한편 치이자(鴟夷子)[6]도 성과 친하게 지냈는데 그도 수레에서 떨어져 자살했다.

치이자는 처음에 우스갯소리를 잘해서 임금의 사랑을 받았고 자연스럽게 국성과 친하게 되었으며, 임금이 출입할 때마다 항상 수레에 실려 다녔다.

어느 날 치이자는 몸이 피곤해서 누워 있었는데 성이 장난삼아 물었다.

"자네의 배가 아무리 크지만 속은 텅 비었으니 무슨 소용이 있는가?"

그러자 치이자가 대답했다.

"자네들 수백 명은 넉넉히 담을 수가 있지."

이들은 항상 이런 식으로 서로 우스갯소리를 하며 지냈다.

성이 벼슬을 그만두자 제(齊) 고을과 격(鬲) 고을 사이에는 도적들이 떼지어 일어났다. 제는 배꼽〔臍〕, 격은 가슴〔膈〕을 뜻한다. 이에 임금은 이 고을의 도적들을 토벌하라는 명을 내렸지만 그 일을 제대로 할 만한 인물이 쉽게 발견되지 않았다. 그래서 다시 성을 기용해서 원수(元帥)로 삼아 토벌하도록 했다. 성은 부하들을 몹시 엄하게 통솔했고, 또 고락을 군사들과 같이했다. 수성(愁

---

6) 말가죽으로 만든 주머니로 술을 넣는 데 쓴다.

城)[7]에 물을 대어 한 판의 싸움에 이를 함락시키고 나서 거기에 장락판(長樂坂)[8]을 쌓고 돌아오니 임금은 그 공로로 성을 상동군(湘東郡)의 제후에 봉했다.

그 후 2년이 지났다. 성은 상소를 올려 물러나기를 청하였다.

"신(臣)은 본래 가난한 집의 자식으로 어려서 빈천해서 이곳저곳으로 사람들에게 팔려 다니는 신세였습니다. 그러다가 우연히 폐하를 뵙게 되었는데, 폐하께서는 마음을 터놓으시고 보잘것없는 신을 받아들이셔서 이 몸을 건져 주시고 강호와 같이 용납해 주셨습니다. 하오나 신이 일을 했다고는 하나 국가의 체면을 조금도 더 빛나게 하지는 못했습니다. 저번에 삼가지 못한 탓으로 시골에 물러나 편안히 있을 적에도 비록 엷은 이슬은 거의 다 말랐사오나 그래도 요행히 남은 이슬 방울이 있어, 감히 해와 달이 밝은 것을 기뻐하면서 다시금 찌꺼기와 티를 열어젖힐 수가 있었나이다. 또한 물이 그릇에 차면 엎질러지는 것은 모든 사물의 올바른 이치옵니다. 이제 신은 목이 마르고 소변이 잦은 병에 걸려 목숨이 경각(頃刻)을 다투고 있사옵니다. 바라옵건대 폐하께서는 신으로 하여금 물러가 여생을 보내게 허락해 주시옵소서."

그러나 임금은 이를 승낙하지 않고 궁중의 사신을 보내어 소나무와 계수나무, 창포 등의 약을 가지고 그 집에 가서 병을 돌봐주게 했다.

성이 여러 번 글을 올려 이를 사양하니 임금은 마침내는 이를 허락하여 고향으로 돌려보냈다. 그리고 고향에서 그는 천명을 다하고 조용히 세상을 떠났다.

---

7) 근심을 말함. 8) 장락이란 길이 즐거워한다는 뜻.

그의 아우는 현(賢)[9]인데 벼슬이 이천(二千)에까지 올랐다. 그에게 아들이 넷이 있었는데 익(酛), 두(酘), 앙(醠), 남(醂)이다. 익은 색주(色酒), 두는 두 번 빚은 술, 앙은 막걸리, 남은 과주(果酒)다. 이들은 복사꽃 즙을 마셔 신선이 되는 법을 배웠다. 또 성의 조카들로 주(醔), 만(䤖), 염(酴)이 있었는데 이들은 모두 호적을 평씨(萍氏)에게 소속시켰다.

사신(史臣)은 다음과 같이 말했다.

"국씨(麴氏)는 원래 대대로 내려오면서 농가 사람들이었지만 성(聖)이 유독 넉넉한 덕이 있고 맑은 재주가 있어서 당시 임금의 심복이 되어 국가의 정사에까지 참여하고 임금의 마음을 풍성하게 하여 태평스러운 공을 이루었으니 장하도다. 그러나 임금의 총애가 극도에 달하자 마침내 국가의 기강을 어지럽히고 그화(禍)가 자식들에게까지 미쳤다. 하지만 이런 일은 실상 그에게는 유감이 될 것이 없다 하겠다. 그는 만년에는 스스로 넉넉한 것을 알고서 물러나 마침내 천수(天壽)를 다하였다. 《주역》에 '기미를 보아서 일을 해 나간다(見幾而作)'고 한 말이 있는데 성이야말로 거의 여기에 가깝다 하겠다."

---

9) 탁주(濁酒).

죽부인전

(竹夫人傳)

작자 : 이곡(李穀)

1298~1351(고려 충렬왕 24~충정왕 3). 학자. 초명은 운백(芸白), 자는 중부(仲父), 호는 가정(稼亭). 본관은 한산(韓山). 목은(牧隱)의 아버지. 충숙왕 7년에 문과에 급제, 충숙왕 복위 2년에 원나라 제과(制科)에 급제, 정동행중서성 좌우사 원외랑(征東行中書省左右司員外郞)이 되어 원제(元帝)에게 건의하여 고려에서의 처녀 징발을 중지하게 했다. 1344년에 충목왕이 즉위하자 귀국하여 정당문학(政堂文學)을 거쳐 도첨의찬성사(都僉議贊成事)와 한산군(韓山君)에 봉해졌다. 문장에 능하여 중국인들도 그를 만만히 보지 못했다. 이제현(李齊賢)과 함께 《편년강목(編年綱目)》을 증수(增修)하고, 충렬왕·충선왕·충숙왕 3조(朝)의 실록 편찬에 참여했다.

〈죽부인전〉은 대나무를 의인화한 가전체 소설로 퇴폐적인 사회를 경계하려는, 바람직한 절부(節婦) 상을 제시하고 있다.

죽부인전(竹夫人傳)

　부인의 성은 죽(竹)이고, 이름은 빙(憑;기댐)으로 위빈(渭濱) 사람 운(篔)[1]의 딸이다. 계통은 창랑씨(蒼筤氏)[2]에서 시작하는데 그 조상이 음률을 알았기 때문에 황제(黃帝)가 그를 뽑아서 음악의 일을 맡아 다스리게 했다. 우(虞)나라 때의 소(簫)[3]도 마찬가지로 그의 후손이다.

　창랑(蒼筤)은 곤륜산 북쪽에서 동쪽으로 옮겨왔고 복희(伏羲)씨 때에 위씨(韋氏)[4]와 함께 문적에 관한 일을 맡아 큰 공을 이룩했으므로 자손 대대로 모두 사관(史官)의 자리를 맡아 왔다.

　진(秦)나라는 포악한 정치를 했는데 이사(李斯)[5]의 계책을 받아들여 모든 책들을 불사르고 유생(儒生)들을 땅에 묻어 죽였다. 이렇게 되자 창랑의 자손들은 점점 구차하고 그 지체가 변변치

---

1) 왕대. 대나무의 일종으로 물가에서 나는데 키는 수십 자며 둘레가 한 자 혹은 두 자로 대나무 중에서 가장 큰 것임. 왕대를 운당(篔簹)이라고 한다.　2) 랑(筤)은 어린 대. 창랑은 난 지 얼마 안 되는 작은 대나무.　3) 퉁소. 죽관(竹管)을 나란히 묶어서 만든 취주 악기의 하나. 큰 것은 스물네 관, 작은 것은 열여섯 관으로 되어 있다.　4) 여기에서는 책을 맨 가죽끈을 말함.　5) 진(秦)의 시황제를 도와 천하를 통일하고 군현제를 실시한 사람.

못하게 되었다.

한(漢)나라 때에 와서는 채륜(蔡倫)[6]의 식객 저생(楮生)[7]이란 사람이 글을 배워서 붓을 가지고 때때로 죽씨와 함께 놀았다. 하지만 그 위인은 경박하고 남을 헐뜯어 고해 바치기를 좋아했는데, 죽씨의 그 강직한 모습을 시기하여 슬며시 좀먹다가 결국은 죽씨의 책임을 자기가 빼앗아 버렸다.

주(周)나라 때에는 간(竿;낚싯대)이라는 죽씨의 후손이 살고 있었다. 어느 날 태공망(太公望)[8]과 함께 위빈에서 낚시질을 하다가 태공은 낚시에 쓸 갈고리를 만들었다. 이것을 보고 간이 말했다.

"내가 듣기로는 큰 낚시는 갈고리가 없다고 합니다. 낚시의 크고 작은 것은 굽음과 곧음에 의해 좌우되니 곧으면 가히 나라를 낚을 수 있을 것이요, 굽은 것은 겨우 물고기를 낚는 데 그칠 것입니다."

이 말을 듣고 태공은 옳게 여기고 그대로 좇았더니 뒤에 태공은 과연 문왕의 스승이 되어 마침내는 제(齊)나라에 봉해지기까지 했다. 이에 간의 현명함을 임금에게 천거하여 위빈을 식읍(食邑)으로 삼게 했다. 이것이 바로 죽씨와 위빈이 관계를 맺게 된 유래인 것이다.

오늘날에 이르러서 죽씨의 자손은 수없이 많은데 임(箖), 어(箊), 군(箘), 정(筳) 같이 이들이 그들이다. 그 자손 중에서 양주

---

6) 후한 때 사람으로 자는 경중(敬仲). 처음 종이를 만들었다고 하는데 그가 만든 종이를 채후지(蔡侯紙)라고 한다. 7) 종이의 별칭. 저선생(楮先生)이라고도 한다. 8) 주초(周初)의 어진이 여상(呂尙). 위빈에서 낚시질을 하고 있다가 문왕에게 발탁됨.

(楊州) 땅으로 옮겨 간 자들을 소탕(篠蕩 ; 왕대)이라 일컬었고, 또 오랑캐 땅으로 들어간 자는 봉(篷 ; 대오리뜸)이라 일컬었다.

죽씨는 크게 문(文)과 무(武) 두 갈래가 있었는데 변궤(籩簋)[9], 생황(笙簧)[10], 피리처럼 주로 예악(禮樂)에 소용되는 것이 있는가 하면, 활을 쏘고 물고기를 잡는 데 쓰는 작은 도구에 이르기까지 모두 전적(典籍)에 실려 있는 것을 분명히 볼 수가 있다.

그 중에서 오직 감(笘 ; 속이 꽉 찬 대)만은 성질이 몹시 둔한 데다 속이 꽉 막혀 아무것도 배우지 못하고 죽었다. 마침내 운 (篔)의 대에 이르러서는 숨어 살고 나아가 벼슬하지 않았다. 그에게는 당(簹 ; 왕대)이라고 하는 아우가 하나 있었다. 형과 함께 이름을 가지런히 하여 가운데를 비우고 곧게 자랐다. 특히 그는 왕자유(王子猷)[11]와 친하게 지냈는데 어느 날 자유가 말했다.

"하루도 그대[此君] 없이는 살 수가 없다."

이로부터 그의 호는 차군(此君)[12]이라고 불리게 되었다. 대체로 자유는 깨끗한 사람으로서 벗을 취하는 데에도 반드시 깨끗한 사람을 골라서 취했다. 그러니 그의 사람됨을 짐작할 만하다.

당(簹)은 익모(益母 ; 익모초)의 딸과 결혼했다. 여기서 딸 하나를 낳았는데 그가 바로 죽부인이다. 그녀는 아주 정숙한 자태를 지녔는데 그 이웃에 사는 의남(宜男 ; 의남초)이란 자가 음란한 노래를 지어 속마음을 떠보았다. 그랬더니 부인은 노여워하며 말했다.

---

9) 변(籩)은 대오리를 걸어 만든 과실 담는 제기(祭器). 궤(簋)는 핍쌀이나 기장쌀을 담아 놓는 제기. 10) 아악에 쓰이는 관악기의 한 가지. 11) 왕휘지(王徽之)의 자. 희지의 아들. 그는 대를 몹시 좋아해서 "何可一日無此君耶"라 하여 대를 처음으로 차군(此君)이라고 했다. 12) 각주 11)참조.

"남녀가 비록 서로 다르지만 그 절개는 하나밖에 없는 것이야. 한번 사람에게 절개를 꺾이게 되면 어찌 다시 세상에 설 수 있겠는가?"

이 말을 듣고 의남은 부끄러워서 그 자리를 달아났다. 그러니 어찌 소나 끄는 녀석이 넘볼 수 있겠는가?

죽부인이 차츰 성장하게 되자 송대부(松大夫)[13]가 예를 갖추어 혼인하기를 청하니 그 부모가 말했다.

"송공(松公)은 참으로 군자다. 그의 고상한 지조와 행동을 보건대 우리 가문과 짝이 될 만하다."

이리하여 부인은 그의 아내가 되었다.

그리고 부인의 성품은 나날이 굳고 두터워져서 일을 분별하는 데 있어서 그 민첩함이 마치 칼날로 쪼갠 것과 같았다. 이러한 성질은 비록 매선(梅仙 ; 매화)의 믿음이 있는 것과 이씨(李氏 ; 오얏나무)의 말이 없는 것보다 월등한 것인데, 하물며 늙은 귤이나 살구 나무 따위에 비교할 수 있으랴?

안개 낀 아침이나 달 밝은 저녁을 만나 바람과 비를 읊조리는 그 고요한 모습을 무엇으로 형용할 수 있겠는가? 일 만들기를 좋아하는 사람들이 은밀히 그 얼굴을 그려 가지고 전해 가면서 보배로 삼고 있었는데 그 중에서도 문여가(文與可)와 소자첨(蘇子瞻)이 더욱 그것을 좋아했다.

송공(松公)은 부인보다 18세나 위였는데 늦게 신선을 배워서 곡성산(穀城山)에 가서 노닐다가 돌로 화해 버려 다시는 돌아오지 못했다. 그러자 부인은 혼자 살면서 가끔 《시경(詩經)》의 위풍

---

13) 소나무를 말함. 뒤의 송공(松公)도 이와 같다.

(衛風)을 노래하기도 하니 그녀는 자연 마음이 흔들려 가누기가
힘들었다.

그런데 그녀는 원래 술을 좋아했다. 그 기록은 잃고 말았지만
어느 해인가 5월 13일에 청분산(靑盆山 ; 푸른 화분)으로 집을 옮
겨 살다가 술에 취하여 고갈병(枯渴病)에 걸렸는데 좀처럼 낫지
를 않았다. 병을 얻은 후에는 항상 남에게 의지해서 살았다. 그녀
의 만년의 절개는 더욱 굳어서 온 마을에서 모두 그녀를 칭찬해
마지 않았다.

그녀는 또 삼방절도사(三邦節度使) 유균(惟箘)[14]의 부인과 성
이 같았는데 그녀의 행장(行狀)[15]을 듣고는 절부(節婦)의 직함을
내렸다.

사씨(史氏)는 말한다.

"죽씨의 조상은 상고시대에 큰 공을 세웠고, 또 그 자손들은
모두 재주가 있고 절개가 굳어서 세상의 칭찬을 받아 왔으니 죽
부인의 현명함이야말로 마땅하다고 하겠다. 아! 부인은 이미 군
자의 배필이 되어 남에게 의지함이 되었으나 아들이 없었으니,
천도(天道)는 아는 것이 없다는 말이 과연 헛말이 아니로다."

---

14) 전죽(箭竹), 즉 화살대. 원래 균(箘)은 조릿대로서 대나무 중에서 가늘고 작아 화살
대를 만들기에 알맞은 것을 말함. 15) 죽은 뒤 그 평생의 행적을 기록한 글.

저생전

(楮生傳)

작자 : 이첨(李詹)

1345~1405(고려 충목왕 1~조선 태종 5). 문신이자 문장가. 자는 중숙(中叔), 호는 쌍매당(雙梅堂). 본관은 홍주(洪州). 1368년 문과에 급제하여 예문관 검열이 되고 우정언(右正言)에 이어 우헌납(右獻納)에 올라 권신 이인임(李仁任) 등을 탄핵했다가 10여 년 간 유배생활을 했다. 그 후 다시 우상시(右常侍)가 되고, 지신사(知申事)로서 감시를 맡아 보다가 또다시 김진양(金震陽)의 사건에 연루되어 결성(結城)으로 유배되었다. 조선이 건국되자 첨서삼군부사(僉書三軍府事)로 전위사(傳位使)가 되어 명나라를 다녀왔다. 서기 1402년(태종 2)에는 예문관 대제학을 지내고 지의정부사(知議政府事)에 올라 등극사(登極使)로 명나라를 다녀와서 정헌대부(正憲大夫)가 되었다. 《삼국사략(三國史略)》을 찬수(撰修)했으며 문장에 뛰어났고, 글씨에도 조예가 깊었다.

〈저생전〉은 종이를 의인화한 작품으로 종이의 내력을 적은 글이다.

저생전(楮生傳)

생(生)의 성은 저(楮 : 닥나무)요, 그의 이름은 백(白)이요, 자는 무점(無玷 : 깨끗함)이다. 그는 회계(會稽) 사람으로서 한(漢)나라 중상시(中常侍) 상방령(尙方令) 채륜(蔡倫)[1]의 후손이다.

그는 태어날 때 난초탕(湯)에 목욕을 하고, 흰 구슬을 희롱하고 흰 띠〔茅〕로 꾸렸기 때문에 그 빛깔이 깨끗하고 희다.

같은 배에서 난 그의 아우는 모두 19명[2]이나 된다. 이들은 서로간에 사이가 좋아서 잠시도 서로 떨어지거나 질서를 잃는 법이 없었다.

이들은 원래 성질이 정결하고 무인(武人)을 좋아하지 않았기 때문에 언제나 문인(文人)들만 사귀어 놀았다. 그 중에서도 중산(中山) 모학사(毛學士 : 붓)가 가장 가까운 벗이었다. 둘이서는 마냥 친하고 허물이 없었던 터라 혹시 모학사가 저생의 얼굴에 먹칠을 하고 더럽혀도 씻는 법이 없었고 그대로 있었다.

학문으로 말하면 천지(天地)·음양(陰陽)의 이치에 널리 통하

---

1) 후한(後漢) 때 처음으로 종이를 만들었다는 사람. 2) 종이는 한 권이 20장으로 되어 있기 때문에 한 말.

고, 성현(聖賢)과 명수(命數)에 대한 학문의 근원까지도 모르는 것이 없었다. 심지어 제자백가(諸子百家)의 글과 이단(異端) 및 불교에 이르기까지도 모조리 기록하여 연구하였다.

한(漢)나라에서 선비를 뽑는 데 책문(策問)을 지어 재주를 시험했는데 이때 저생은 방정과(方正科)에 응시하여 다음과 같이 썼다.

"옛날이나 지금의 글은 대개 대쪽을 엮어서 쓰기도 하고, 흰 비단에 쓰기도 하지만 이것은 모두 다 불편하기 짝이 없습니다. 신(臣)이 비록 두껍지는 못하오나 진심으로 대쪽이나 비단을 대신하려 하옵니다. 저를 사용해 보시다가 만일 효과가 없거든 신의 몸에다 먹칠을 하시옵소서."

이 말을 듣고 임금 화제(和帝)는 사람을 시켜서 시험해 보라 했다. 그의 말대로 과연 편리하여 절대로 대쪽이나 비단을 쓸 필요가 없었다. 이에 저생을 포상하여 저국공(楮國公) 백주자사(白州刺史)[3]의 벼슬에 올려 썼다. 그리고 만자군(萬字軍)[4]을 통솔케 하고, 봉읍으로 그의 씨(氏)를 삼았다.

이것을 보고 수부(樹膚;나무 껍질)·마두(麻頭;삼베 결)·어망(魚網;고기 그물)·ㅇ근(ㅇ根;미상)의 네 사람이 자기들도 써주기를 청했지만 이들은 자신들의 말과 달리 완전하지 못하여 제외되고 말았다. 그 이후 이들은 마침내 오래 사는 술법을 배워 비나 바람이 그 몸에 침입하지 못하게 하고 좀이 슬지도 못하게 했다. 7일이면 항상 양(陽)의 정기(精氣)를 빨아들이고 먼지를 털

---

3) 종이이기 때문에 저국공이라 한 것이고, 종이는 희기 때문에 백주라고 한 것이다.
4) 종이 위에 글씨가 1만 자나 있기 때문에 한 말.

며, 입을 옷을 볕에 쬐면서 조용히 거처하였다.

진(晉)나라 좌태충(左太沖)이 성도부(成都賦)를 지은 일이 있었다. 저생은 이 글을 한번 보더니 이내 외워 버리는 것이었다. 사람들은 그가 외우는 대로 다투어 받아 썼다. 이로부터 평소 그를 잘 알고 있던 사람들도 그를 자주 볼 수 없을 정도가 되었다.

뒤에 와서는 왕우군(王右軍)[5]의 필적을 본받아서 해자(楷字)로 쓴 글씨가 천하에 기묘한 서체의 모범이 되었다. 다시 양(梁)나라 태자 통(統)과 함께 《고문선(古文選)》을 편찬하여 세상에 알렸고, 또 임금의 명령을 받고 위수(魏收)[6]와 함께 국사를 편찬하기도 했다. 하지만 위수가 편견을 가지고 있어 칭찬하고 깎아내리는 것을 공정하게 하지 못한 까닭에 후세 사람들이 예사(穢史)라고 일컬었다. 이에 저생은 자진하여 사직하고 소작(蘇綽)[7]과 함께 장부나 상고하겠다고 청했다. 임금이 이를 허락하자 지출은 붉은 글씨로 쓰고, 수입은 먹으로 써서 분명하게 장부를 기록했으므로 이것을 보고 세상 사람들은 그의 재능을 칭찬했다.

그 후로 진(陳)의 후주(後主)의 사랑을 받게 되어 그의 행신(幸臣) 안학사의 무리들과 함께 항상 임춘각(臨春閣)에서 시를 지으며 어울렸다. 이때 수(隋)나라 군사가 경구(京口)를 지나자 진의 장수가 이를 비밀리에 밀서를 보내 임금에게 급히 고했다. 그러나 저생은 이를 숨기고 봉한 것을 열어 보이지 않았다. 이로

---

5) 왕희지(王羲之)를 가리킴. 벼슬이 우군장군(右軍將軍)에 이르렀으므로 이렇게 일컬음. 그는 동진(東晋)의 명필로 특히 해자(楷字)를 잘 썼다. 6) 남북조 때 학자. 칙명(勅命)으로 《위서(魏書)》를 지었으나 취사(取捨)를 잘못했다 해서 예사(穢史)라는 비난을 받았다. 7) 북주(北周) 때 무공(武功) 사람. 군서(群書)를 두루 보고 특히 산술(算術)에 능하여 벼슬이 탁지상서(度支尙書)에 이르러 개국의 대업을 도왔다.

인하여 진나라는 수나라에게 패하고 말았다.

대업(大業)⁸⁾ 연간의 일이다. 저생은 왕주(王胄)·설도형(薛道衡)⁹⁾과 함께 양제(煬帝:수양제)를 섬기면서, 그들과 같이 정초(庭草)·연니(燕泥)의 글귀를 읊었다. 그러나 양제는 딴사람이 자기보다 나은 것을 싫어해서 저생은 마침내 대궐을 나오게 되고 말았다.

당(唐)나라 때 홍문관(弘文館)이란 기구를 설치하게 되자 저생은 본관으로서 학사를 겸해서 저수량(楮遂良), 구양순(歐陽詢) 등과 함께 옛날 역사를 강론하고 모든 정사를 상고하여 처리했다. 이리하여 세상에서 말하는 '정관(貞觀)의 좋은 정치'¹⁰⁾를 이룩했다. 또 송나라 때에는 정주학(程朱學)의 모든 선비들과 함께 문명(文明)의 좋은 정치를 이룩하기도 했다.

사마온공(司馬溫公)은 《자치통감》을 편찬할 때 저생이 박식하고 군자답다고 생각해서 늘 옆에 두고 자문하여 썼다. 그때 마침 왕안석은 《춘추》의 학문을 좋아하지 않았으므로 권세를 부려 《춘추》를 가리켜 다 찢어진 정치 기록이라고 평했다. 이에 저생은 옳지 못하다고 했다가 마침내 배척당하고 쓰이지 못했다.

원(元)나라 초년이 되어 저생은 본업에 힘쓰지 않고 오직 장사만을 좋아했다. 몸에 돈 꾸러미를 두르고¹¹⁾ 찻집이나 술집을 드나들면서 한 푼 한 리의 이익만을 따지니 세상 사람들은 간혹 이를 비루하게 여겼다.

---

8) 수양제(隋煬帝)인 양광(楊廣)의 연호. 9) 두 사람은 모두 수나라 때의 문장가로서 바른말을 하다가 자진했다. 10) 정관(貞觀)의 치(治). 당나라 태종(太宗)의 치세를 기리어 하는 말. 11) "身帶錢貫(신대전관)." 남송(南宋) 말년에 종이로 돈을 만들어 쓰는 법이 생겼기 때문에 한 말이다.

원나라가 망하자 저생은 다시 명(明)나라에서 벼슬을 하게 되어 비로소 사랑을 받게 되었다. 이때부터 자손이 번성하여 어떤 이는 대대로 역사를 맡아 쓰는 사씨(史氏)가 되기도 하고, 어떤 이는 시인(詩人)의 일가를 이루기도 했다. 혹은 선(禪)에 관한 기록을 초봉(草封)하기도 했다. 발탁되어 관직에 있는 자는 돈과 곡식의 수효를 맡게 되었고, 군무(軍務)에 종사하는 자는 군대의 공로를 기록했다. 그들이 맡은 직업에 따라 비록 귀천이 있기는 했지만 아무도 그 직책에 소홀하다고 비난을 받지는 않았다. 대부(大夫)가 된 뒤부터 그들은 거의 다 흰 띠를 두르기 시작했다고 한다.

태사공(太史公)은 말했다.[12]

"주(周)의 무왕(武王)이 은(殷)을 이기고 아우 숙도(叔度)를 채(蔡) 땅에 봉하여 주(紂)의 아들 무경(武庚)을 도와서 은나라의 유민들을 다스리게 했다.

무왕이 죽자 성왕(成王)의 나이가 어렸기 때문에 삼촌인 주공(周公)이 이를 도왔다. 이때 채숙(蔡叔)이 나라 안에 뜬소문을 퍼뜨리자 주공은 그를 귀양보냈다. 그 아들 호(胡)는 과거의 행동을 고쳐서 덕을 닦자 주공은 그를 천거하여 높은 벼슬에 오르게 했다. 성왕은 다시 호(胡)를 신채(新蔡) 땅에 봉했으니 그가 곧 채중(蔡仲)이었다.

그 뒤에 초(楚)나라 공왕(共王)이 애후(哀侯)를 잡아 가지고 돌아왔는데 그것은 그가 식부인(息夫人)을 공경하지 않았기 때문이었다. 이에 채(蔡)의 사람들은 그 아들 힐(肹)을 세웠다. 그가

---

12) 작가가 《사기(史記)》〈열전(列傳)〉의 체제를 모방한 것.

바로 무후(繆侯)다.

그런데 이번에는 제(齊)의 환공(桓公)이 무후가 채 땅의 여인과 헤어지지 않은 채 다시 딴 곳에 장가 갔다 해서 무후를 잡아들였다.

무후가 죽자 그 아들 갑오(甲午)가 그 자리에 서게 되었다. 그러나 초(楚)의 영왕(靈王)이 영후(靈侯)의 아비 원수를 갚으려고 군사를 매복시킨 다음 갑오를 술에 취하게 만든 후 죽였다. 그리고 채 땅을 포위하고 멸한 다음에 경후(景侯)의 어린 아들 여(廬)를 구하여 세웠다. 그가 바로 평후(平侯)다. 이들은 그로부터 하채(下蔡)로 옮겨 살다가 그 후에 초의 혜왕(惠王)이 다시 채 땅의 제후들을 멸했기 때문에 그 뒤로는 마침내 쇠잔해졌다.

아아! 왕자(王者)의 후손들은 그 조상이 대대로 쌓은 두터운 덕으로 해서 국가를 차지하지만 그들이 융성해지고 쇠약해지는 것은 모두 운명과 교화에 달려 있는 것이다. 채(蔡)는 본래 주(周)와 동성(同姓)으로서 양쪽 강국 사이에 끼여 있어서 공공연한 공격을 받아왔다. 그러면서도 그 자손이 이어지다가 한(漢)나라 말년에 이르러 드디어 봉읍을 받고 그 성을 바꾸게 되었다. 나라가 변모한다든지 집안이 커져서 그 자손이 세상에 가득해지는 것을, 나는 오직 채씨의 후손에게서 볼 따름이다.

(許生傳)

작자 : 박지원(朴趾源)

　1737~1805(조선 영조 13~ 순조 5). 조선 후기의 문장가이며 실학의 대가. 자는 중미(仲美), 호는 연암(燕巖). 명문벌족(名門閥族) 출신이었지만 대체로 불우한 생을 살았다. 어려서 아버지를 여의고 조부 슬하에서 자랐다. 학문 전반을 연구하다가 30세부터 실학자 홍대용(洪大容)과 사귀고 서양의 신학문에 접했다. 50세에 처음으로 선공감감역(繕工監監役)이 되고 뒤에 양양부사(襄陽府使)에까지 올랐다. 홍대용·박제가 등과 함께 북학파의 영수로 이용후생의 실학을 강조하였으며, 자유기발한 문체의 한문소설을 발표하여 양반계층의 타락상을 고발하고 근대사회를 예견하는 새로운 인간상을 창조하였다. 그리고 그는 많은 저서를 남겼는데 그 중 총 12편의 한문소설이 있다.

　〈허생전〉은 박지원이 중국을 여행하고 돌아온 후 쓴 작품으로 그의 실학사상이 잘 반영되어 있다.

허생전(許生傳)

묵적동(墨積洞)에 허생(許生)이라는 자가 살고 있었는데 그의 집은 남산 바로 밑에 있었다. 우물 위에는 오래된 살구나무가 있고 싸리문이 그 나무를 향하여 열려 있는데, 두어 간밖에 안 되는 그의 초가는 비바람을 가리지 못할 정도로 초라했다.

그러나 허생은 다른 것은 안중에도 없고 오직 책 읽기만을 좋아했으므로, 그의 아내가 남의 집 삯바느질을 해서 겨우 입에 풀칠을 하였다.

하루는 굶주림을 견디다 못한 아내가 눈물을 흘리면서 말했다.

"평생 과거를 보러 가지도 않으시는 분이 책은 읽어서 무엇할 셈이오?"

허생은 웃으면서 말했다.

"책 읽는 것이 아직 익숙하지 못하다오."

"아니 그렇다면 공장(工匠)이 노릇이라도 하지 그러오?"

"배운 적도 없는 공장이 노릇을 어떻게 한단 말이오."

"그러면 장사는 할 수 있겠네요?"

"허, 밑천도 없는데 장사를 어떻게 한단 말이오."

"아니 밤낮으로 책만 읽으면서 도대체 무엇을 배웠소? 오직 배운 것이라곤 '어떻게 한단 말이오' 뿐이구려. 공장이 노릇도 못하고 장사도 못 한다면 도적질밖에 할 것이 없겠구려."

허생은 책을 덮고 일어나면서 탄식했다.

"아깝도다! 원래 십 년을 기약하고 책 읽기를 시작한 것인데 이제 겨우 칠 년밖에 안 되었구나."

허생은 문 밖으로 나갔으나 아는 사람이라곤 아무도 없었다. 그래서 그는 곧장 운종(雲從)[1] 거리로 나와서 장터 사람 한 사람을 붙잡고 물었다.

"한양에서 제일가는 부자가 누구요?"

그러자 그 사람은 변씨(卞氏)라는 이를 알려 주었다. 허생은 곧바로 변씨의 집을 찾아가 인사를 하고 나서 말했다.

"나는 집이 가난하여 조그만 장사를 해볼까 하오나 밑천이 없으니 내게 돈 만 냥만 빌려 주시지 않겠소?"

변씨가 말했다.

"좋소. 그러지요."

그러더니 변씨는 그 자리에서 만 냥을 내주었다. 허생은 고맙다는 인사도 없이 돈을 가지고 나왔다. 그 집에 있던 변씨의 가족과 손님들은, 술 빠진 허리띠에 뒷굽이 찌그러진 짚신을 신고 헌 갓과 새까맣게 전 도포에 콧물을 흘리는, 허생을 거지로 알았다. 그래서 허생이 간 뒤에 모두들 놀라워하며 물었다.

"그 사람을 아시오?"

"모르오."

---

1) 조선시대 한성(漢城)의 거리 이름. 지금의 종로 네거리를 중심으로 한 것으로 육의전(六矣廛)이 설치되었음.

"그런데 아까 그 자리에서 거저 만 냥을 주었단 말이오? 누군지 알지도 못하는 사람이면서 성명조차도 묻지 않고 말이오?"

"그건 당신들이 모르는 소리요. 남에게 무언가를 얻으려고 오는 사람은 아주 그럴듯하게 말을 늘어놓고 가장 신의가 있는 체하면서도 어딘지 얼굴빛을 굽혀 보이는 데가 있고 말을 되풀이하는 법이라오. 그런데 그 사람은 몸차림은 비록 남루하지만 말이 간략하고 나를 쳐다보는 눈빛에 부끄러워하는 기색이 없었소. 분명히 물질 같은 것에 좌우되지 않고 자신의 소신대로 사는 사람일 것이오. 그 사람이 하고자 하는 장사도 아마 작은 것은 아닐 터이니 나 또한 그를 시험해 보려고 하오. 주지 않으면 그만이지만, 이미 만 냥을 주는 바에야 이름은 물어서 무엇하겠소."

허생은 만 냥을 가지고 경기 충청 양도의 접경이요, 삼남의 어구인 안성(安城)으로 내려갔다. 그는 안성에 머물면서 대추, 밤, 감, 배, 감류(柑榴), 귤, 주차 등을 시가(時價)의 배를 주고 모두 샀다. 그러자 온 나라가 과실이 없어서 제사를 못 지내게 될 형편이었다. 얼마 안 있어 사람들은 허생에게 판 과일을 도리어 열 배를 주고 사갔다. 허생은 탄식하며 말했다.

"만 냥으로 나라를 뒤흔들 수 있으니 이 나라의 정도를 짐작할 수 있구나."

본전의 몇 배가 되는 돈을 번 허생은 칼, 괭이, 포목 등을 사 가지고 제주도로 건너갔다. 그리고 과실을 판 돈으로 말총을 전부 사들이며 중얼거렸다.

"몇 해 안 가서 사람들이 상투 튼 머리를 싸매지 못하게 될 것이다."

과연 그의 생각대로 얼마 안 가서 망건 값이 열 배나 올랐고

망건 장수들은 돈을 가지고 제주도로 모여들었다. 이렇게 해서 또다시 많은 돈을 번 허생은 한 늙은 뱃사공에게 물었다.

"바다 건너에 사람이 살 만한 빈 섬은 없소?"

"있습지요. 언젠가 풍파를 만나 서쪽으로 사흘을 흘러가서 그 날 밤 어느 빈 섬에서 묵었는데 사문(沙門)과 장기(長崎) 사이라 생각됩니다. 꽃과 나무가 무성하고 과일이 절로 익고 사슴은 떼를 지어 다니고 물고기는 사람을 보아도 놀라지 않습니다."

허생은 크게 기뻐하면서 말했다.

"나를 그 섬으로 인도해 준다면 부귀 영화를 당신과 같이 누리겠소."

이에 사공은 쾌히 승낙하였고 바람을 타고 얼마를 가서 그 섬에 닿았다. 허생은 높은 곳에 올라 사방을 두루 살펴보더니 처량한 얼굴로 말했다.

"땅이 천 리도 되지 아니하니 무엇을 한단 말이오? 다만 땅이 기름지고 물맛이 다니, 부자밖에 될 것이 더 있겠소?"

그러자 사공이 말했다.

"이곳은 사람 하나 없는 빈 섬인데 이런 곳에서 누구와 더불어 살겠습니까?"

허생이 대답했다.

"덕이 있는 자에게는 사람이 모여들게 마련이오. 나에게 덕이 없음이 걱정될 뿐이지 어찌 사람 없음을 걱정한단 말이오."

이때 변산(邊山) 지방에는 수천 명의 도적이 떼를 지어 들끓고 있었다. 나라에서는 군사를 동원해 이들을 잡으려 하였으나 끝내 잡지 못하였다. 도적들도 잡힐까 두려워 감히 나오지를 못 하여 굶주림에 빠지게 되었다.

이러한 소문을 들은 허생은 도적들의 소굴을 찾아가 그 두목을 만났다.

　"천 사람이 천 냥을 도적질하여 나누어 갖는다면 한 사람 앞에 얼마씩 돌아가겠는가?"

　"한 사람 앞에 한 냥씩이지요."

　"그대들에게 아내는 있는가?"

　"없소이다."

　"그럼 농토는 있는가?"

　도적들이 웃으면서 말했다.

　"만약 우리에게 농토가 있고 아내가 있으면 무엇 때문에 도적질을 하겠소이까?"

　"그렇다면 그대들도 아내를 얻고, 집을 짓고, 소를 사서 농사도 짓고 살면 도적이 될 필요도 없을 것이요, 가정의 즐거움도 느낄 것이요, 잡혀 갈 걱정도 없고 입고 먹는 근심 없이 풍족하게 잘 살 것이 아닌가?"

　"우린들 어찌 그것을 바라지 않겠소. 다만 돈이 없어서 하지 못할 따름이지요."

　허생은 웃음을 머금고 말했다.

　"그대들은 도적질을 하면서 어찌 돈이 없는 것을 근심하는가? 그러면 내가 그대들을 위해서 돈을 마련해 주겠다. 내일 바다에 나가면 붉은 기를 단 배가 보일 것이다. 그것이 돈을 실은 배니 그대들 마음대로 가져가도 좋다."

　허생이 도적들에게 약속을 하고 나오자 도적들은 그를 미친 사람이라고 비웃었다.

　다음 날 바닷가에는 허생이 현금 삼십만 냥을 싣고 나타났다.

도적들은 크게 놀라 일제히 절을 하면서 말했다.

"장군님 명령대로 따르겠습니다."

"가지고 싶은 만큼 가지고 가거라."

도적들은 다투어 돈을 짊어졌으나 누구도 백 냥 이상을 지지는 못하였다.

허생이 말했다.

"너희들은 돈 백 냥을 지기에도 부족한 힘으로 무슨 도적질을 한단 말이냐? 그러나 이제 너희들은 평민이 되고자 하여도 이름이 도적의 명부에 올랐으니 어쩔 수 없을 것이다. 각자 백 냥씩 가지고 가서 아내 될 여자와 소 한 마리씩만 구해 오너라."

도적들은 각각 흩어졌다.

허생은 섬으로 돌아가 이천 명이 일 년 동안 먹을 수 있는 양식을 갖춰 놓고 그들은 기다렸다. 도적들은 한 사람도 빠짐없이 다 모여들었다. 허생이 도적들을 육지에서 근절시키니 나라 안은 근심이 없어졌다. 섬에 온 그들은 나무를 베어서 집을 짓고 대를 엮어 울타리를 만들어서 살았다. 김을 매지 않아도 기름진 땅에서는 온갖 곡식이 무성하여 이곳은 낙원으로 변했다.

이렇게 하여 삼 년을 지냈는데 이때 일본의 장기에 흉년이 크게 들었다. 장기는 호수(戶數)가 삼십일만인데, 때마침 크게 주리고 있다는 소문을 허생이 듣고 남는 양식을 그곳에 가지고 가서 팔았다. 허생은 그 대가로 은 백만 냥을 얻어 가지고 돌아오며 탄식했다.

"이제 나의 시험이 끝났도다."

그리고 허생은 남녀 이천 명을 모아 놓고 말했다.

"이제 내가 할 일은 끝났다. 내가 그대들과 더불어 처음 이 섬에 들어올 때에는 부자가 되어서 학문과 예절을 새로 만들어 가르치려 했다. 그러나 땅이 좁고 나의 덕이 모자라서 더 있을 수 없어 나는 이제 떠나려고 한다. 다만 아이를 낳거든 수저는 오른손으로 잡도록 가르치고, 하루라도 먼저 난 사람이 먼저 먹도록 양보하는 것을 가르쳐라."

허생은 이렇게 말한 뒤 자기가 타고 나갈 배를 제외하고 다른 배들은 모두 불살라 버리면서 말했다.

"이 섬에서 절대 다른 곳으로 가지도 말고 오지도 말라."

허생은 또 은 오십만 냥을 바닷속에 던지면서 말했다.

"바닷물이 마르면 주워 가는 사람이 있겠지. 백만 냥은 온 나라 안에서도 다 쓰지 못할 큰 돈인데 더구나 이와 같이 작은 섬 안에서야 어디다 쓰겠는가."

그리고 글을 아는 사람은 모조리 배에다 태우고 나오면서 중얼거렸다.

"글은 화의 근원이다. 이 섬에 화를 없애야 한다."

육지로 나온 허생은 온 나라 안을 두루 돌아다니면서 가난하고 의지할 곳 없는 사람들에게 돈을 나눠 주었지만 아직도 십만 냥이 남았다. 그는 남은 돈으로 빚을 갚기 위하여 변씨를 찾아갔다.

"나를 기억하고 계시오?"

변씨는 놀라면서 말했다.

"당신의 얼굴빛이 전보다 조금도 나아지지 않았으니, 일이 실패한 것 아니오?"

허생은 웃으며 말했다.

"재물로 인해서 얼굴이 달라지는 것은 속된 인간들이나 그런 것이지요. 만 냥이 어찌 도(道)를 살찌게 할 수 있겠소."

허생은 은(銀) 십만 냥을 변씨에게 주었다.

"내가 잠시 배가 주린 것을 참지 못하여 글 읽는 것을 마치지 못하고 체면 불구하고 찾아와서는 당신에게서 만 냥을 빌렸으니 학문을 하는 사람으로서 정말 부끄럽기 짝이 없소이다."

변씨는 크게 놀라며 사양하면서 십분의 일로 이자를 따져서 그것만 받겠다고 말하였다. 그러나 허생은 크게 노여워하면서 말했다.

"당신은 어찌해서 나를 장사치로 보는 거요?"

그리고는 옷소매를 뿌리치고 가 버렸다.

변씨가 가만히 뒤를 따라가 보니 허생은 남산 밑에 있는 조그마한 초가집으로 들어갔다. 때마침 한 노파가 그 동네 우물가에서 빨래를 하고 있었다. 변씨가 노파에게 물어 보았다.

"저기 저 오막살이가 뉘집인가요?"

"허생원 댁이랍니다. 가난하지만 늘 글 읽기를 좋아하더니, 어느 날 아침에 집을 나가더니 돌아오지 않은 지가 벌써 오 년이 되었지요. 그래서 그의 부인이 홀로 살고 있는데, 남편이 나간 날로 제사를 지낸답니다."

변씨는 비로소 그의 성이 허씨라는 것을 알고 탄식하며 집으로 돌아왔다.

다음 날 변씨는 허생에게 받았던 은전을 가지고 허생을 찾아가서 도로 주었다. 그러나 허생은 여전히 사양하면서 말했다.

"내가 만일 부자가 되기를 원했다면 과거에 백만 냥을 버리고 이제 와서 새삼스럽게 십만 냥을 받겠소? 그 돈은 그냥 가져가시고 괜찮으시다면 당신이 가끔 나를 돌보아서 우리 내외가 먹을 양식이나 대주고 옷감이나 보내 주시면 일평생은 족하외다. 나를 재물로써 마음을 괴롭히지 말기를 바랍니다."

변씨는 온갖 방법으로 설득하였으나 끝끝내 어찌할 도리가 없었다.

변씨는 이로부터 허생의 집에 쌀이 떨어질 무렵이면 자진하여 쌀을 갖다 주었고 허생은 기뻐하며 받았다. 그러나 분량을 조금이라도 더할 때면 좋지 않은 표정으로 말하는 것이었다.

"내게 재앙을 보내면 어떻게 하오?"

그러나 술을 가지고 가면 크게 기뻐하며 서로 취하도록 마시곤 했다.

어느 날 기분좋게 술이 취하여 변씨가 허생에게 물었다.

"오 년 동안 어떻게 해서 백만 냥이나 벌었소?"

허생이 대답했다.

"그거야 아주 쉬운 일이지요. 우리 조선은 배가 외국에 나가지 못하고 수레도 국경을 넘지 못하는 관계로 외국과의 무역이 이루어지지 않기 때문에 많은 물건이 나라 안에서만 생산되고 또 나라 안에서만 소비되고 있소. 천 냥으로 모든 물건을 죄다 사기는 어려운 일이나 이것을 열로 쪼개면 백 냥이 되니 이것으로 열 가지 물건은 살 수 있습니다. 비록 한 가지에 실패해도 아홉 가지가 퍼지게 되니, 이것은 소소한 장사치들이 항상 이(利)를 취하는 길이오. 그러나 만 금을 가지고는 모든 물건을 마음대로 다 사 모을 수 있을 것이오. 따라서 육지에서 나는 만 가지 물건 중에서 한 가지를 독점하고, 바다에서 나는 만 가지 물건 중에서 한 가지를 독점하고, 약의 재료 만 가지 중에서 한 가지를 독점하면 이것으로 인해서 백 가지 장사치가 모두 마를 것이니 이것은 백성을 도적질하는 길이라오. 후세에 이런 상술을 쓰는 사람이 있다면 반드시 나라를 병들게 할 것이오."

변씨는 감탄하면서 또 물었다.

"당신은 어떻게 내가 만 금을 쉽게 내줄 줄 알고 찾아왔소?"

"능히 만 금을 가진 사람이면 아니 주지는 못할 거라 생각했소. 내 홀로 생각에 능히 백만 금을 만들 성싶었으나 운수는 하늘이 정하는 거라 생각했소. 내 말을 듣는 사람은 복이 있는 사람이니 반드시 더 부자가 될 것인데 하늘이 명하는 바에 따라 어찌 주지 않겠소. 만 냥을 얻은 다음에는 그 복에 의탁하여 일을 한 까닭에 장사할 때마다 성공을 한 것이오. 만약 내 돈으로 장사를 하였다면 그 결과를 알 수 없었을 것이오."

변씨는 또다시 물었다.

"지금 이 나라에서는 사대부들이 남한산성에서 당한 분풀이를 하려고 하는데 지금이야말로 슬기로운 지사들이 힘써야 하는 시기가 아닌가 하오. 당신은 훌륭한 재주를 가지고도 왜 이렇게 숨어서 지내시오?"

"옛날부터 숨어서 사는 사람은 많았지요. 졸수재 조성기(拙修齋 趙聖期)[2] 같은 사람이라든가 반계거사 유형원(磻溪居士 柳馨遠)[3] 같은 사람은 능히 그 재주가 있었으나 세상에 나서지 않고 쓸쓸히 생을 마치지 않았소? 지금 나라를 다스린다는 사람들의 실력은 가히 뻔하지 않소? 나는 장사를 해서 번 돈으로 아홉 사

---

2) 조선 숙종 때의 학자(1638~1689). 자는 성경(成卿). 호는 졸수재(拙修齋). 평생 독서와 학문에만 전심함. 작품에 《창선감의록(彰善感義錄)》이 있음.　3) 조선 효종 때의 실학자 (1622~1673). 자는 덕부(德夫). 호는 반계(磻溪). 진시지에 합격했으나 벼슬에는 뜻이 없어 오로지 학문 연구에만 전념함. 저서에 《반계수록(磻溪隨錄)》 등이 있음.

람의 왕이라도 살 수 있었으나 다 바닷속에 던져 버리고 왔소. 다 부질없다오."

변씨는 한숨을 쉬었다.

변씨는 본래 어영대장 이완(李浣)과 친한 사이였다. 어느 날 이완이 변씨에게 물었다.

"촌간에 우리와 더불어 큰일을 할 뛰어난 재주를 가진 사람이 혹시 없을까?"

이에 변씨는 허생의 이야기를 하였더니 이완은 크게 반가워하며 물었다.

"참으로 그런 사람이 있단 말이오? 그 이름이 무엇이오?"

"삼 년을 사귀었으나 아직 그 이름을 알지 못합니다."

이완이 말했다.

"보통 사람은 아닌 것 같은데 같이 가 봅시다."

그날 밤에 이완은 변씨와 단둘이 걸어서 허생의 집을 찾아갔다. 변씨는 이완을 문 밖에서 기다리게 하고, 안으로 들어가 이완이 찾아온 뜻을 허생에게 전하였다. 그러나 그는 못 들은 체하고 가지고 온 술을 마시며 권하는 것이었다.

변씨는 이완이 오래 문 밖에서 기다리고 있는 것을 생각하여 여러 차례 말을 했으나 허생은 이에 아랑곳하지 않더니 밤이 이슥하여 손님을 불러들였다. 이완이 들어와도 허생은 자리에 앉은 채 일어나지도 않았다. 이완은 당황했으나 마침내 나라에서 어진 사람을 구한다는 말을 했다. 허생은 손을 저으면서 물었다.

"짧은 밤에 긴 말을 듣기는 지루하군요. 당신은 지금 벼슬이 무엇이오?"

"어영대장입니다."

"그렇다면 당신은 나라에서 믿을 만한 신하군요. 내 와룡(臥龍) 선생[4]을 천거하겠으니 조정에 청하여 그의 집을 세 번 찾아갈 수 있겠소?"

이완은 머리를 숙이고 한참 생각하더니 말을 꺼냈다.

"그것은 어려운 일이오. 그 다음에 할 수 있는 일을 가르쳐 주십시오."

"나는 그 다음이란 말의 뜻을 배우지 않았소."

그러나 이완이 끈기 있게 물어 보자 허생은 대답하였다.

"명나라 장수들이 조선에 베푼 옛날의 은혜가 있는데, 그것을 빙자하여 이 나라에 들어와 살고 있으나 대개는 홀아비들이오. 조정에 청하여 종실의 딸들을 그들에게 출가시켜 척벌(戚閥)과 권신(權臣)의 세력을 빼앗게 하시오."

이완은 머리를 숙이고 한참 있다가 대답했다.

"그 또한 어려운 일입니다."

"이것도 어렵고 저것도 어렵다 하니 당신이 할 수 있는 일이 무엇이오? 그러면 가장 쉬운 일이 한 가지 있는데 그것은 할 수 있겠소?"

"어떤 일인지 듣고 싶습니다."

"천하에 대의(大義)를 떨치고자 한다면 먼저 천하의 호걸들과 사귀어야 하고, 딴 나라를 치고자 한다면 먼저 첩자를 밀파(密派)하지 않고서는 안 되는 법이오. 지금 만주가 천하의 주인이 되었으나 아직 중국 본토와는 화친(和親)하지 못하였는데 조선은 다

---

4) 중국 삼국시대 촉한의 정치가 제갈량(181~234)을 가리키는 말. 호는 공명(孔明). 중국 촉한의 임금 유비(劉備)가 그의 초옥을 세 번이나 방문하여 마침내 군사로 삼았다는 삼고초려(三顧草廬)의 고사로도 유명함.

른 나라보다 먼저 항복하였으니 그들은 우리가 그들에게 복종하리라고 믿고 있소. 그러므로 자제들을 유학 보내어 입학도 시키고 벼슬도 하게 해서 자유롭게 내왕할 수 있도록 하시오. 한편 장사꾼의 출입도 막지 말 것이며, 나라 안의 훌륭한 자제들을 뽑아서 청인처럼 머리를 땋고 호복(胡服)을 입혀서 학문이 뛰어난 사람은 과거를 보게 하고, 재치 빠른 사람은 멀리 강남에 가서 장사를 하면서 그 나라의 형편을 살펴 호걸들과 정의를 맺어서 천하를 도모하면 지난날의 국치(國恥)도 씻을 수 있을 것이오. 그 다음에 명나라의 황족인 주씨(朱氏)를 얻고 그렇지 못하면 천하 제후를 거느리고 사람을 천거하면 크게 국사(國事)가 잘될 것이오. 못하여도 백구(伯舅)의 나라는 될 것이오."

이완은 마음이 산란하고 맥이 빠져 겨우 반문했다.

"지금 사대부(士大夫)들은 모두 예법만을 중요시하는데 누가 머리를 잘라서 땋고 오랑캐의 의복을 입으려고 하겠습니까?"

허생은 크게 화를 내며 말했다.

"소위 사대부란 것이 무엇이란 말인가? 옷은 순전히 흰 것만 입는데 그것은 상제의 의복이오, 머리털을 송곳처럼 죄어 상투를 트는 것은 남방 오랑캐가 하는 짓이거늘 도대체 무엇으로써 예법을 찾으려고 하는가? 옛날 번어기(樊於期)란 사람은 사사 원수를 갚기 위해서 머리를 잘랐고, 무령왕(武靈王)은 나라를 위하여 호복(胡服) 입기를 부끄러워하지 않았는데, 나라를 위하여 원수를 갚겠다는 작자들이 한낱 머리털을 아낀단 말인가? 장차 전쟁이 일어나면 말을 타고 칼을 휘두르고 창으로 찌르며 활을 쏘고 돌을 날려야 하는데 그 넓은 소매를 고칠 생각은 않고 예법만 찾을 것인가? 내가 세 가지를 말하였는데 그 중 한 가지도 하지 못하겠다면서 그래도 신임 받는 신하라고 자부하는 모양인데, 신임 받는 신하란 원래 이런 것인가. 이런 놈은 죽여 없애야 해."

격분한 허생은 좌우를 돌아보며 칼을 찾았다. 이완은 크게 놀라 일어서서 뒷문으로 도망쳐 버렸다. 다음 날 이완이 허생의 초가집을 다시 찾아갔을 때는 방은 텅 비고 허생은 어디론가 사라지고 없었다.

전우치전

(田禹治傳)

작자 미상

〈전우치전〉은 작자·연대 미상의 조선시대의 국문 고전소설로서 〈홍길동전〉을 모방하고, 선조 때의 실재인물인 전우치를 주인공으로 한 일종의 도술소설이다.

황당무계한 환술(幻術)과 공상성이 짙은 단점이 있지만 작품의 밑바탕에는 민생고를 고발하는 등 사회의식이 깔려 있다.

전우치전(田禹治傳)

조선 초에 송경(松京)[1] 숭인문(崇仁門) 안에 한 선비가 살고 있었는데 그의 이름은 전우치(田禹治)였다.

그는 일찍이 고매한 스승을 만나 신선의 도를 배웠는데, 본래 그 재질이 남다르고 겸허하며 정성이 지극하므로 마침내 오묘한 이치를 통달하고 신기한 재주를 얻었다. 그렇지만 소리를 죽이고 자취를 감추어 지내므로 비록 가까이 지내는 이도 아는 사람이 없었다.

이때 남쪽 해변 여러 고을이 여러 해 동안 도적의 노략(擄掠)을 당해 온 데다 무서운 흉년까지 만나니 그곳 백성의 참혹한 형상은 이루 다 말하지 못할 지경이었다.

그러나 조정(朝廷)의 벼슬아치들은 서로 권세를 다투기에만 눈이 어둡고 가슴이 탈 뿐이요, 백성의 질고(疾痼)는 모르는 듯 내버려 두니 뜻 있는 이들의 통분함이 이를 길 없었다. 우치 또한 참다못해 마침내 마음의 결단을 내리고 집과 세간을 버리고 천하로 집을 삼고 백성으로 하여금 몸을 삼으려 하였다.

---

1) 개성(開城)을 달리 이르는 말.

하루는 변신하여 선관(仙官)이 되어, 머리에 쌍봉금관(雙鳳金冠)을 쓰고 몸에 홍포(紅布)를 입고 허리에 백옥대(白玉帶)를 띠고 손에 옥홀(玉笏)을 쥐고 청의동자(青衣童子) 한 쌍을 데리고 구름을 타고, 대궐 위 공중에 머물러 섰다.

이때가 춘정월(春正月) 초이튿날이었는데 임금이 문무백관의 진하(進賀)를 받으시는데, 문득 오색 구름이 하늘에 가득하고 향풍(香風)이 코를 자극하더니, 공중에서 말이 들려 왔다.

"대왕은 옥황(玉皇)의 칙지(勅旨)[2]를 받으라."

이에 임금이 놀라 급히 백관을 거느리고 전(殿)에 내려 향을 피우고 하늘을 바라보니, 선관이 오색 구름 속에서 이르는 것이었다.

"이제 옥제(玉帝) 천하에 구차하게 죽은 영혼을 위로하실 양으로 태화궁(泰和宮)을 창건(創建)하시니, 인간 각 나라에서 황금 대들보 하나씩을 만들어 올리되 길이가 오 척이요 넓이는 칠 척이니 춘삼월 망일(望日)까지 준비하라."

이 말을 마치고 하늘로 올라가거늘 임금이 신기롭게 여겨 신하들을 모아 의논할 때 간의대부(諫議大夫)가 아뢰었다.

"이제 팔도(八道)에 반포하여 금을 모아 천명을 받드는 것이 옳을 것입니다."

임금이 옳게 여기고 팔도에 금을 모아 바치라 하였다. 그 금으로 공인(工人)을 불러 길이와 넓이의 치수를 맞추어 지어 내니, 왕공경사(王公卿士)의 집안에 있는 것은 물론이요, 심지어 비녀에 올린 금까지 벗겨 올렸다. 임금이 기꺼워하며 삼 일 제계(齊戒)하

---

2) 칙명(勅命). 임금의 명령.

고, 대들보를 미리 준비하여 그날을 기다렸더니, 진시(辰時)[3]쯤하여 상서로운 구름이 대궐 안에 자욱하고 향내가 코를 찌르며 오색 구름 속에 선관이 청의동자를 좌우에 세우고 구름에 싸였으니 그 모습이 극히 황홀하였다.

임금이 백관을 거느리고 엎드리자 선관이 전지(傳旨)를 내렸다.

"고려왕이 힘을 다하여 천명을 순종하니 정성이 지극한지라, 고려국이 우순풍조(雨順風調)[4]하고 국태민안(國泰民安)하여 복조(福兆)무량하리니 하늘을 공경하여 덕을 닦고 지내라."

말을 마치자 오른쪽으로 쌍동학제를 타고 내려와 요구에 황금 들보를 걸어 올리고 구름에 싸여 남쪽 땅으로 향하니, 무지개가 하늘에 뻗치고 비바람 소리가 진동하며 오색 구름이 동서로 흩어지거늘, 임금과 신하들이 무수히 절하고, 육궁(六宮) 비빈(妃嬪)이 땅에 엎드려 감히 우러러보지 못했다.

이때 우치는 그 들보를 이 나라 안에서는 처치하기가 어려운지라 그 길로 구름을 타고 서공지방으로 향하여 먼저 들보 절반을 베어 팔아서 쌀 십만 석을 사고 배를 마련하여 나눠 실은 뒤 순풍을 타고 가져왔다. 그리고 그것을 십만 빈호(貧戶)에 알맞게 나눠 주어 당장 굶어 죽는 어려움을 건지고 이듬해의 농량(農糧)[5]과 종자로 쓰게 하니, 백성들은 너무나 기쁜 나머지 손을 마주잡고 여천대덕(如天大德)을 칭찬할 뿐이요, 관장(官長)들 또한 기가 막히고 어리둥절하여 어찌 된 곡절인지를 몰라 했다.

우치는 이러한 뒤에 한 장의 방(榜)을 써서 동네 어귀에 붙였다.

---

3) 오전 7시에서 9시 사이. 4) 때맞게 비가 오고 바람이 고르게 분다는 뜻. 5) 농사를 짓는 동안 먹을 양식.

'이번에 곡식을 나누어 줌으로써 혹자들은 나를 칭송하지만 이는 마땅치 아니하다. 대개 나라는 백성을 뿌리삼고 부자는 빈민이 만들어 주거늘, 이제 양순한 백성과 충실한 임금이 이렇듯 참혹한 지경에 이르렀건마는 벼슬한 이가 길을 트지 아니하고 감열한 이가 힘을 내고자 아니함이 천리(天理)에 어그러져 신인(神人)이 공분(公憤)하는 바이기로, 내 하늘을 대신하여 이러저러한 방법으로 이리저리 하였으니, 너희들은 모름지기 이 뜻을 깨달아 잠시 남에게 맡겼던 것이 돌아온 줄로만 알고 남의 힘을 입었다 생각지 말지어다. 더욱이 자청하여 심부름한 내가 무슨 공이 있다 하리오. 이렇게 말하는 나는 처사(處士) 전우치로다.'

이 소문이 온 나라에 퍼지자 비로소 전후 사연을 알게 된 조정에서는 임금을 속이고 나라를 소란케 한 그의 죄를 용서하지 못한다 하여, 널리 그 증거를 수탐(搜探)하자 우치는 이를 괘씸하게 여겼다.

"약한 자를 붙들어다 허물함은 힘센 자가 제 잘난 체하는 예사(例事)⁶⁾인지라, 내가 저들의 힘이 얼마 안 된다는 것을 실상으로 알려야겠다."

하고 계교를 생각하여, 들보 한 머리를 베어 가지고 서울에 가서 팔려 하니 보는 사람마다 의심을 했다.

마침 토포관(討捕官)이 보고 아주 이상히 여기며 우치에게 물었다.

"이 금이 어디서 났으며 값은 얼마나 하느냐?"

우치가 대답했다.

---

6) 예상사(例常事)의 준말. 보통 있는 일.

"이 금이 난 곳은 있거니와, 값이 얼마가 될지 달아 봐야 하지만 오백 냥을 주겠다면 팔까 하오."

토포관이 또 물었다.

"그대의 집이 어디인가? 내가 내일 반드시 돈을 가지고 찾아갈 것이다."

우치가 말했다.

"내 집은 남선부주이고, 성명은 전우치라 하오."

토포관은 우치와 이별하고 나서 고을에 들어가 태수(太守)에게 이를 고했다. 그러자 태수가 크게 놀라며 말했다.

"지금 이 나라에는 황금이 없으니 이는 틀림없이 무슨 연고가 있을 것이다."

태수는 관리들에게 그를 잡아 오게 하려다가 생각을 바꾸었다.

"아직 확실치 못한 일이니 은자 오백 냥을 주고 그것을 사다가 진위(眞僞)를 알아보자."

태수가 토포관에게 은자 오백 냥을 주며 우치의 금을 사 오라 했다. 그는 우치를 찾아가 말했다.

"금을 사러 왔소."

토포관을 맞아들인 우치는 오백 냥을 받은 다음 금을 내어 주었다. 토포관은 금을 받아 가지고 돌아와 태수에게 올리자 태수가 크게 놀라며 말했다.

"이 금은 들보 머리를 벤 것이 분명하니, 필경 우치로다."

한편 그를 잡아 진위를 안 후에 임금님께 보고드리는 것도 늦지 않다고 생각한 태수는 즉시 우치를 잡아 오라고 십여 명을 남선부로 보냈다. 그러자 우치는 좋은 음식을 차려 그들을 대접하면서 말했다.

"그대들이 수고로이 왔지만 나는 죄가 없으니 결단코 가지 아니할 것이오. 그대들은 돌아가 태수에게 우치가 잡히지 않고, 태수의 힘으로는 못 잡으리니, 나라의 군명(君命)이 있은 후에야 잡히겠노라 했다고 고하라."

우치가 조금도 요동하지 않으므로 관리는 할 수 없이 그대로 돌아가 태수에게 사실대로 고했다.

태수는 이 말을 듣고 놀라 즉시 토병(討兵) 오백을 점고(點考)하여 남선부에 가 우치의 집을 에워싸고, 한편 이 일을 나라에 보고했다. 크게 놀란 임금은 백관을 모아 의논한 뒤 포청(捕廳)으로 잡아 오라 하고는 친국(親鞠)[7]하실 기구를 차리고 기다렸다.

이때 금부(禁府)의 나졸(羅卒)들이 군명을 받들고 남선부에 가 우치의 집을 에워싸고 잡으려 하니, 우치는 냉소하며 말했다.

"너희 백만 군이 와도 내 잡혀 가지 아니하리니, 어디 너희 마음대로 나를 철삭(鐵索)으로 단단히 얽어 가 보아라."

이에 모든 나졸이 일시에 달려들어 철색으로 동여매고 전후좌우로 둘러싸고 가는데, 또 우치의 목소리가 들렸다.

"나를 잡아가지 않고 무엇을 메고 가는가?"

토포관이 놀라서 보니 한낱 잣나무를 메었는지라, 좌우에 섰던 나졸이 기가 막혀 아무 말도 못 했다.

"네가 나를 잡아가고자 하거든 병 한 개를 주겠으니 그 병을 잡아가거라."

우치가 병 하나를 내어 땅에 놓으므로 여러 나졸이 달려들어 잡으려 하자, 우치가 그 병 속으로 들어가니 나졸들이 병을 잡아

---

7) 임금이 중죄인(重罪人)을 친히 신문하는 것.

들자 무겁기가 천 근이나 되는 것 같은데 병 속에서 소리가 들려 왔다.

"내 이제는 잡혔으니 올라가리라."

나졸들은 우치를 또 잃어버릴까 겁을 내어 병마개를 단단히 막아서 짊어지고 와서 임금에게 바쳤다.

"우치가 요술을 한들 어찌 병 속에 들었으리오."

그러자 갑자기 병 속에서 말소리가 들려 왔다.

"답답하니 병마개를 빼어 다오."

임금이 그제야 병 속에 우치가 든 것을 알고 여러 신하에게 어떻게 처치할 것인가를 물으니 그들이 아뢰었다.

"그놈이 요술이 용하오니 가마에 기름을 끓이고 병을 넣게 하소서."

임금이 옳게 여겨 기름을 끓이라 하고 병을 집어넣으나 우치가 병 속에서 말했다.

"신의 집이 가난하여 추위 견딜 수 없더니, 천은(天恩)이 망극하사 떨던 몸을 녹여 주시니 황감하여이다."

이에 임금이 진노(震怒)하시어 그 병을 깨어 여러 조각을 내니 아무것도 없고 병 조각이 뛰어 어전에 나아가 말했다.

"신이 전우치어니와 원컨대 군신간(君臣間)의 죄를 다스릴 정신으로 백성이나 평안케 함이 옳을까 하나이다."

조각마다 한결같이 이렇게 말하거늘 임금이 더욱 진노하시어 도부수(刀斧手)[8]로 하여금 병 조각을 빻아 가루를 만들어 다시 기름에 끓이라 하고, 우치의 집을 불지르고 그 터에 연못을 만들

---

8) 큰 칼과 큰 도끼를 쓰던 군사.

었다. 그리고 여러 신하와 더불어 우치 잡기를 의논하자 여러 신하가 아뢰었다.

"요적(妖賊) 전우치를 위엄으로 잡을 수 없사오니 마땅히 사대문에 방을 붙여 우치가 스스로 나타나면 죄를 사하고 벼슬을 주리라 하여 만일 나타나거든 죽여 후환을 없이함이 좋을까 하나이다."

임금은 그 말을 좇아 즉시 사대문에 방을 붙이게 했다.

"전우치가 비록 나라에 죄를 지었으나 그 재주 용하고 도법이 높으되 알리지 못함은 유사(有司)의 책망이요 짐의 불명함이다. 이 같은 영걸(英傑)을 죽이고자 하였으니 어찌 차탄치 않으리요. 이제 짐이 전사를 뉘우쳐 특별히 우치에게 벼슬을 주어 국정을 다스리고 백성을 편안코자 하나니 전우치는 나타나라."

이때 우치는 구름을 타고 사처로 다니며 더욱 어진 일을 행하고 있었다. 그런데 한 곳에 이르러 보니, 백발노옹(白髮老翁)이 슬피 울거늘 우치가 구름에서 내려와 그 사유를 물으니, 노옹이 울음을 그치고 말했다.

"내 나이 칠십삼 세에 다만 한 자식이 있는데 애매한 일로 살인 죄수로 잡혀 죽게 되었으므로 서러워 우는 것이오."

우치가 물었다.

"무슨 억울한 일이 있었습니까?"

노옹이 대답했다.

"자식이 친하여 다니던 왕가라 하는 사람이 있었소. 그런데 그의 계집이 인물은 아름다우나 음란하여 조가라 하는 사람을 통간하여 다니다가 왕가에게 들켰다오. 왕가와 조가 두 사람이 낭자하게 싸우는 것을 자식이 마침 갔다가 말리어 조가를 제 집으로 보낸 후 돌아왔더니 왕가가 그 싸움 때문에 죽어 있었소. 왕가의 외사촌이 고장(藁葬)[9]하고 취옥(就獄)함에 조가는 형조판서(刑曹判書) 양문덕(楊文德)의 문객이라, 친분이 있어 빠져 나오고 내 자식은 살인 정범(殺人正犯)으로 누명을 씌워 옥중에 가두니, 슬퍼서 우는 것이오."

우치가 이 말을 듣고 말했다.

"그렇다면 조가가 원범이군요. 양문덕의 집이 어디요?"

노옹이 자세히 가르쳐 주므로, 우치는 노옹을 이별하고 몸을 흔들어 변신하여 일진청풍(一陣靑風)이 되어 그 집에 이르렀다. 이때 양문덕은 홀로 당상(堂上)에 앉아 거울을 마주하고 얼굴을 보고 있었는데, 우치가 변신하여 왕가가 되어 거울 앞에 앉아 있자 양문덕이 이상하게 여겨 거울을 살펴보니 아무것도 없었다.

'요얼(妖孽)[10]이 백주에 나를 희롱하는가?'

이렇게 생각하며 다시 거울을 살펴보니 아까 앉았던 사람이 서서 말하는 것이었다.

"나는 이번에 조가에게 맞아 죽은 왕상인데 원혼이 되어 원수 갚기를 바랐더니 상공이 이가를 그릇되이 가두고 조가를 놓으니 이 일이 억울하도다. 지금이라도 조가를 가두고 이가를 방송(放送)[11]하라. 그렇게 하지 않는다면 명성(明聖)에 가서 송사하겠노라."

그러더니 홀연히 간 데가 없어 양문덕은 크게 놀라 즉시 조가를 얽어 매고 엄문하나 조가는 억울하다면서 발명(發明)[12]했다.

---

9) 시체를 거적에 싸서 장사 지냄. 10) 요악한 귀신의 재앙. 11) 죄수를 풀어 주는 것.
12) (죄나 잘못이 없음을)변명하여 밝히는 것.

이에 우치는 왕가의 목소리로 소리 높여 외쳤다.

"이 몹쓸 조가야! 내 처를 겁탈하고 또 나를 쳐죽이니, 어찌 구천(九泉)의 원혼이 없으리오. 만일 너를 죽여 원수를 갚지 못하면 명부(冥府)[13]에 송사하여 너와 양문덕을 잡아다가 지옥에 가두고 나오지 못하게 하리라."

이에 조가는 머리를 들지 못하고, 양문덕은 놀라 어떻게 할 줄 모르다가 이윽고 정신을 진정하여 조가를 엄문하니, 조가는 더 이상 견디지 못하고 개개복초(個個伏招)하였다. 양문덕은 이가를 놓아 주고 조가를 엄수(嚴囚)하였다. 이때 이가는 집으로 돌아가 아비를 보고 왕가의 혼이 와서 여차여차하여 풀려났다고 말하니, 노옹이 기쁨을 이기지 못하였다.

우치는 이가를 구하여 보내고 얼마쯤 가다가 저잣거리에 사람들이 돼지의 머리 다섯을 가지고 다투고 있는 것을 보고 구름에서 내려 그 연고를 묻자 한 사람이 말했다.

"저도 쓸 데가 있어 사 가거늘 이 관리놈이 앗아 가려고 하기에 다투는 것이오."

우치가 관리를 혼내 주려 주문을 외우니 그 돼지가 입을 벌리고 달려들어 관리의 등을 물려 하거늘 관리와 구경하던 사람이 일시에 헤어져 달아났다.

우치가 또 한 곳에 이르니 풍악(風樂)이 낭자하고 노랫소리가 요란한지라 즉시 여러 사람의 좌중에 들어가 절을 하고 말했다.

"소생은 지나가는 길손이온데 여러분이 모여 즐기시매, 감히 들어와 말석에서 구경코자 하나이다."

---

13) 저승.

여러 사람이 답례한 후 서로 성명을 통하고 앉음에 우치가 눈을 들어 보니, 좌객(座客) 중에 운생과 설생이란 자가 우치를 보고 거만하게 냉소하며 여러 사람과 수작하기에 우치가 이를 꽤 씸히 여기고 있었는데 마침 주반(酒飯)이 나오는지라 우치가 한마디했다.

"제형의 사랑하심을 입어 진수성찬을 맛보니 만행이로소이다."

설생이 웃으며 말했다.

"우리는 비록 빈한하나 명기와 진찬(珍饌)이 많은데, 전형(田兄)은 처음인 듯한가 봅니다."

우치도 웃으며 말했다.

"그러나 없는 것이 많소이다."

이 말에 설생이 물었다.

"팔진성찬에 빠진 것이 없거늘, 무엇이 부족하다 하오?"

"우선 선득선득한 수박도 없고 새콤달콤한 포도도 없고 시금시금한 승도(僧桃)[14]도 없어, 빠진 것이 무수하거늘 어찌 다 있다 하오?"

제생이 손뼉을 치며 크게 웃으며 말했다.

"이때가 봄철이라, 어이 그런 실과가 있겠소?"

"내 오다가 본즉 한 곳에 나무 하나가 있는데 각색 과일이 열리지 아니한 것이 없었소이다."

"그렇다면 그 과실을 만일 따온다면 우리들이 납두편배(納頭遍拜)하고 만일 형이 따오지 못한다면 형이 여러 사람 앞에서 볼기를 맞는 것이 어떻겠소?"

---

14) '승도복숭아'의 준말.

"좋소이다."

응낙한 우치가 즉시 한 동산에 가니, 도화가 만발하여 금수장(錦繡帳)을 드리운 듯하거늘, 그것을 두루 완상(玩賞)[15]하다가 꽃 한 떨기를 따서 주문을 외우자 낱낱이 변하여 각색 실과가 되었다. 우치가 그것을 소매 속에 넣고 돌아와 좌중에 던지니 향기가 코를 스치며 승도, 포도, 수박이 낱낱이 나오는 것이었다. 여러 사람은 한편 놀라고 한편 기꺼워하며 저마다 다투어 손에 집어 구경하며 칭찬했다.

"전형의 재주는 보던 바 처음이오."

그리고 창기에게 명하여 술을 가득 부어 권했다. 우치는 술을 받아 들고 운생과 설생을 돌아보며 말했다.

"이래도 사람을 업신여기겠소? 그러나 형들이 이미 사람을 경모(輕侮)[16]한 죄로 천벌을 입었으니 더 이상 얘기하지 않겠소."

운생과 설생이 입으로는 비록 사과하는 체하나 속으로는 종시 믿지 아니하더니, 운생이 마침 소피를 보려고 옷을 끄르고 본즉 음경이 편편하여 아무것도 없거늘 크게 놀라서 외쳤다.

"이 어이한 연고로 졸지에 음경이 떨어졌는고?"

운생이 어찌할 줄 모르거늘 모두 놀라서 본즉 과연 민숭민숭한 것이었다.

"소변을 어디로 보리오."

일이 이렇게 되자 설생 또한 자기의 아래쪽을 만져 보니 역시 그러한지라, 두 사람이 놀라서 서로 의논했다.

"전형이 아까 우리들을 희롱하더니 이러한 변괴가 났구나. 장

---

15) 즐겨 구경하는 것. 16) 업신여겨 모욕하는 일.

차 이 일을 어찌할 것이오."

이때 창기 중 제일 고운 계집의 음문이 간 데 없고 문득 배 위에 구멍이 났는지라 망극하여 어떻게 할 줄을 몰라 하였다.

그 중에 오생(吳生)이란 자가 총명이 비상하여 지감(知鑑)[17]이 있었는데 문득 깨달아 우치에게 빌었다.

"우리들이 눈이 있으나 망울이 없어 선생께 죄를 지었사오니 바라건대 용서하소서."

우치가 웃더니 주문을 외우자 문득 하늘에서 실 한 끝이 내려와 땅에 닿으니, 우치가 크게 소리쳤다.

"청의동자 어디 있느냐?"

말이 채 끝나기도 전에 한 쌍의 동자가 표연히 내려오는 것이었다. 우치가 명했다.

"네 이 실을 타고 하늘에 올라가 반도(蟠桃)[18] 열 개를 따오라. 그렇지 않으면 변을 당하리라."

우치가 말을 마치자 동자가 줄을 타고 공중으로 올라가니, 여러 사람들이 신기하게 여겨 하늘을 우러러 보았다. 동자는 나는 듯이 올라가더니, 이윽고 복숭아 잎이 분분(紛紛)히 떨어지며 사발만한 붉은 천도(天桃) 열 개를 내리쳤는데 조금도 상하지 않았다. 여러 사람들이 일시에 달려와 주워 가지고 서로 귀히 여기는지라 우치는 여러 사람에게 나누어 주며 말했다.

"제형과 창기 등이 아까 얻은 병은 이 선과(仙果)를 먹으면 쾌히 회복할 것이오."

---

17) '지인지감(知人之鑑)'의 준말. 사람을 잘 알아보는 식견. 18) 삼천 년마다 한 번씩 열매가 열린다는 신선 세계의 복숭아.

운생과 설생, 창기 등이 하나씩 먹은 후 저마다 만져 보니 이
제 정상인지라 지극히 공손하게 머리를 숙이며 말했다.

"천선(天仙)이 내려오신 줄 모르고 저희들이 무례하여 하마터
면 병신이 될 뻔하였습니다."

우치는 가장 존엄한 체하며 구름에 올라 동으로 향해 가다 또
한 곳에 이르러 보니 두 사람이 서로 안타까워하고 있었다.

"그렇게 어진 사람이 이 지경에 이르니 참 불쌍도 하지."

우치가 구름에서 내려 두 사람에게 물었다.

"무슨 일이 있기에 그렇게 안타까워하오?"

두 사람은 대답했다.

"이곳 호조(戶曹)의 고지기[19] 장세창(張世昌)이라 하는 사람이
효성이 지극하고 심지어 집이 빈곤한 사람도 많이 구제하더니,
호조 문서(文書)를 잘못 기록하여 쓰지도 아니한 은자(銀子) 이
천 냥을 물어내지 못해 형벌을 받겠기에 자연히 비창함을 금치
못해서 그러오."

우치가 이 말을 듣고 잠깐 눈을 들어 보니 과연 한 남자가 수
레에 실려 형장(刑場)으로 나아가고 그 뒤에 젊은 계집이 따라
나오며 우는 것이었다. 우치가 물었다.

"저 여인은 누구요?"

"죄인의 부인이오."

이윽고 옥졸(獄卒)이 죄인을 수레에서 내려 제구(製具)를 차리
며 시각을 기다리는 것이었다. 우치는 즉시 몸을 흔들어 일진청
풍을 일으켜 장세창과 여자를 거두어 하늘로 올라가거늘, 사람들

---

19) 관아의 창고를 보살피고 지키던 사람.

이 일시에 기뻐하며 말했다.

"하늘이 어진 사람을 구하시는구나."

이때 형관(刑官)이 크게 놀라 급히 이 연유를 조정에 알리니 임금과 백관이 모두 놀라고 의심하였다.

우치가 집으로 돌아와 보니 두 사람은 곧 숨이 끊어지려고 하는 지경이었으므로 급히 약을 흘려 넣었는데 이윽고 깨어나 정신이 황홀하여 진정하지 못하는 것이었다. 우치가 전후 사정을 말하자 장세창 부부는 고개를 숙여 감사를 표했다.

"대인(大人)의 은혜는 태산 같으니 어찌 다 갚겠습니까?"

우치는 겸손하게 부정하며 그들을 집에 있게 하였다.

어느 날 우치는 한가함을 타 명승지를 두루 구경하다가 한 곳에서 사람이 슬피 우는 소리가 들리기에 가서 우는 이유를 물어보았다. 그 사람이 공손히 말했다.

"나의 성명은 한자경(韓子景)인데 부친의 상사를 당하여 장사 지낼 길이 없고 또한 날씨가 추운데 칠십 모친을 봉양할 도리가 없어 우는 것이오."

우치는 아주 불쌍히 여겨 소매에서 족자 하나를 내주며 말했다.

"이 족자를 집에 걸고 '고지기야' 하고 부르면 족자 속의 사람이 대답할 것이오. 그때 은자 백 냥만 내라 하면 즉시 줄 것이니, 이로써 장사 지내고 그 후부터는 매일 한 냥씩만 달라 하여 자친을 봉양하시오. 그때 만일 더 달라 하면 큰 화를 입을 것이니 욕심을 내지 말고 부디 조심하시오."

그 사람은 믿지 않았으나 받은 후 머리를 숙여 절하며 말했다.

"대인의 존성(尊姓)을 알고자 하나이다."

"나는 남선부 사람 전우치로다."

한자경은 백배 사례하고 집에 돌아와 족자를 걸었다. 족자에는 큰 집 하나와 집 속에 열쇠를 가진 동자가 그려져 있었다. 한자경은 한번 시험해 보기 위해 '고지기야' 하고 부르니 그 동자가 대답을 하고 그림 밖으로 나왔다. 매우 신기하게 여겨 은자 일백 냥을 달라 하니 말이 끝나기 전에 동자가 은자 일백 냥을 앞에 내놓았다.

한자경은 크게 놀라고 또한 크게 기뻐하며 그 은을 팔아 부친의 장사를 지내고 매일 은자 한 냥씩 달라 하여 일용에 쓰니, 풍족히 노모를 봉양하며 은혜를 잊지 못하였다.

하루는 돈 쓸 곳이 생겼다.

'은자 일백 냥을 당겨 쓰면 어떠할까?'

이렇게 생각한 한자경이 고지기를 불러 말했다.

"내 마침 은자 쓸 곳이 있으니 은자 일백 냥만 먼저 쓰게 함이 어떠한가?"

고지기가 듣지 아니하므로 여러 번 간청하니 고지기가 문을 열거늘 한자경이 따라 들어가 은자 백 냥을 가지고 나오려 하니 벌써 문이 잠겼는지라 한자경이 크게 놀라 고지기를 불렀으나 대답이 없었다.

한자경이 크게 노하여 문을 박차니 이때 호조판서가 마루에 좌기(坐起)[20] 하는데, 고지기가 고했다.

"돈 넣은 곳에서 사람 소리가 나니, 매우 이상한 일입니다."

---

20) 관아의 우두머리가 출근하여 사무를 보는 일.

호조판서가 의심하여 추종(騶從)21)을 모으고 문을 열고 보니, 한 사람이 은을 가지고 섰는지라 고지기가 깜짝 놀라 급히 물었다.

"너는 어떤 놈이기에 감히 이곳에 들어와 은을 도적질하여 가려느냐?"

한자경이 대답했다.

"너희는 어떤 놈이기에 남의 내실에 들어와 무례하게 구느냐? 바삐 나가거라."

한자경이 재촉하자 고지기가 미친 놈으로 알고 잡아다가 고하니 호조판서가 분부했다.

"이 도적놈을 꿇어 앉히라."

이렇게 치죄(治罪)하자 한자경이 그제야 정신을 차려 자세히 보니 제 집이 아니고 호조(戶曹)인지라 놀라 물었다.

"내가 어찌하여 이곳에 왔던고? 의아한 꿈인가?"

호조판서가 물었다.

"너는 어떠한 놈이관데 감히 어고(御庫)에 들어와 도적질을 하는가? 죽기를 면치 못할지니, 네 동기를 자세히 아뢰라."

한자경이 말했다.

"소인이 집에 걸린 족자 속에 들어가 은을 가지고 나오려 하다가 이런 변을 당했으니 소인도 생각지 못한 일이로소이다."

호조판서가 의심스럽게 생각하여 족자의 출처를 물으니, 한자경이 전후 사정을 고하자 호조판서가 크게 놀라 물었다.

"너는 언제 전우치를 보았느냐?"

---

21) 높고 귀한 사람을 뒤따라 다니는 하속(下屬).

한자경이 대답했다.

"본 지 오삭(五朔)[22]이나 되었나이다."

호조판서는 한자경을 엄수하고 각 창고를 조사하며 은궤(銀櫃)를 열어 보니 은은 없고 청개구리가 가득하고, 또 돈고를 열어 보니 돈은 없고 누런 뱀만 가득하거늘, 호조판서가 이를 보고 크게 놀라 이 연유를 임금께 아뢰니 임금 또한 크게 놀라시어 여러 신하를 모아 의논하는데 각 창고의 관원이 아뢰었다.

"창고의 쌀이 변하여 버러지뿐이고, 쌀은 한 섬도 없나이다."

또 각 영(各營)의 장수들의 보고가 들어왔다.

"고의 군기(軍器)가 변하여 나무가 되었나이다."

또 궁녀가 고했다.

"내전에 범이 들어와 궁인을 해하나이다."

이에 임금이 급히 궁노수(弓弩手)[23]를 발하였는데 궁녀마다 범 하나씩 타고 있어 궁노를 발치 못하였다. 이 일을 임금에게 전하니 임금이 더욱 대경하여 궁녀의 앞으로 쏘라 하였다. 이 하교를 듣고 궁노수가 일시에 쏘니 흑운이 일며 범 탄 궁녀가 구름에 싸이어 하늘로 올라 호호탕탕(浩浩蕩蕩)[24]히 헤어졌다. 임금이 이것을 보고 차탄했다.

"다 우치의 술법이니, 이놈을 잡아야 국가 태평하리라."

이때 호조판서가 말했다.

"이 고에 도적을 엄중히 가두었사온데, 이놈이 우치의 무리라 하오니 죽여야 합니다."

임금이 윤허(允許)하심에 한자경의 형을 집행하려 할 때 문득

---

22) 다섯 달. 23) 활과 쇠뇌를 쏘던 군사. 24) 아주 썩 넓어서 끝이 없음.

광풍이 크게 일더니, 한자경이 온데간데없이 사라졌다. 행형관(行刑官)이 그대로 위에다 아뢰었다.

한자경을 구하여 제 집으로 보낸 우치가 그를 꾸짖었다.

"내 그대러 무엇이라 당부하였느냐. 그대를 불쌍히 여겨 그 그림을 주었거늘 내 말을 듣지 아니하고 하마터면 죽을 뻔하였으니 이제 누구를 원하며 누구를 한하리오."

우치가 두루 돌아다니다 한 곳에 이르러 보니, 사문(四門)에 방이 보이거늘, 내심 냉소(冷笑)하고 궐문(闕門)에 나아가 크게 외쳤다.

"전우치 자현하나이다."

정원(政院)에서 이 사실을 아뢰니 임금이 명했다.

"이놈의 죄를 사하고 벼슬을 시켰다가 만일 영난함이 또 있거든 죽이리라."

즉시 입시하라 하니, 우치가 들어와 복지사은(伏地謝恩)하였다. 임금이 물었다.

"네 죄를 아느냐?"

우치가 엎드려 절하며 아뢰었다.

"신의 죄 만사무석(萬死無惜)[25]이로소이다."

"내 네 재주를 보니 과연 신기한지라, 중죄를 사하고 벼슬을 주노니 너는 진충보국(盡忠報國)하라."

우치를 선전관(宣傳官)에 동자관 겸 사복내승(童子官兼司僕內承)을 하게 하니, 우치가 사은 숙배하고 거처할 곳을 정하고 궐내(闕內)에 입직(入直)[26]할새, 행수 선전관(行首宣傳官) 이조사(李

---

25) 죄가 무거워 만 번을 죽어도 아까울 것이 없음.　26) 관청에 들어가 숙직하는 것.

曹司)가 보채기를 심히 괴롭게 하였다. 이에 우치가 하루는 선전관이 퇴질을 차례로 할새, 조사의 차례가 되자 가만히 망주석(望柱石)을 빼어다가 퇴를 맞추니 선전관들의 손바닥에 맞히어 아파 능히 치지 못하고 그치었다.

이리저리 수삭(數朔)이 됨에 선전관들이 모두 하인을 꾸짖어 허참(許參)[27]을 재촉하라 하였다. 하인들이 형편을 알리니 우치가 말했다.

"나는 괴를 옮겼기로 더 민망하니 내일 백사장(白沙場)으로 모두 모이게 하라."

서원(書員)이 여쭈었다.

"자고로 허참을 적게 한다고 해도 사오 일 동안 음식을 장만해서 치러야 하옵니다."

"내 이미 준비하였으니, 너는 잔말 말고 개문입시(開門入侍)하여 하인 등을 대령(待令)하라."

서원과 하인이 물러나와 서로 쑥덕였다.

"우치가 비록 능하나 이 일은 어찌지 못하리라."

그리고 각처에 지휘하여 내일 해가 뜨면 백사장으로 모두 모이게 하였다.

이튿날 모든 하인이 백사장에 모이니, 구름차일[28]은 공중에 솟아 있고, 포진(鋪陳)과 수석(首席) 장병(障屏)이 눈에 휘황찬란하며, 풍악이 하늘을 울리는 듯하며, 수십 간 뜸집[29]을 짓고 훌륭한 요리사 십여 명이 음식을 장만하니, 그 풍비(豊備)함은 세상에 다

---

27) 새로 부임하는 관원이 전부터 있던 관원에게 음식을 대접하는 것. 28) 햇볕을 가리기 위해서 아주 높이 친 포장. 29) 짚·띠·부들 따위의 풀로 지붕을 인 작은 집.

시 없을 것이었다.

날이 밝음에 선전관 사오 인이 일시에 훌륭한 말을 타고 나오니, 포진이 극히 화려했다. 차례로 좌정(坐定)함에 오음육률(五音六律)을 갖추어 풍악을 질주(迭奏)하니, 맑은 소리가 어리었다.

각각 상을 드리고 잔을 돌려 술이 반쯤 했을 때 우치가 말했다.

"소인이 일찍 호협방탕(豪俠放蕩)하여 술집에 드나들었기 때문에 아는 창기(娼妓)가 많은데 오늘 놀이에 계집이 없어 재미가 없으니 계집을 데려오리이다."

이때 모두가 반취(半醉)하였는지라 저마다 기꺼이 말했다.

"가히 오입쟁이로다."

우치가 하인을 데리고 나는 듯이 남문으로 들어가더니 오래지 아니하여 무수한 계집을 데려다가 장(帳) 밖에 두고, 큰 상을 물리고 또 상을 들이게 하였다. 산과 바다의 온갖 진귀한 음식이 성대하게 차려져 있고 풍악이 흥겨울 때 우치가 말했다.

"이제 계집을 데려왔으니 각각 하나씩 수청하여 흥을 돋움이 좋겠나이다."

모든 사람들이 크게 기뻐하며 차례로 하나씩 불러 앉히는데, 모두가 각각 계집을 앉히고 보니 다 자신의 아내더라.

놀랍고 분하나 서로 알까 두려워하며, 아무 말도 못 하고 크게 노하여 모두 상을 물리고 각기 말을 타고 집으로 돌아와 보니, 노복이 혹 발상(發喪)[30]하고 통곡하며 집안이 소란스럽고 어수선하여 이상히 여기며 물었다.

---

30) 상제(喪制)가 머리를 풀고 슬피 울어 초상난 것을 알리는 일.

"부인이 어느 때에 세상을 떠나셨느냐?"

시비가 대답했다.

"오래지 아니하나이다."

이에 모두가 경악하였다. 그 중 김선전이란 자는 집에 돌아오니 노복이 발상하고 울거늘, 이유를 물었더니 노복이 말했다.

"부인이 옷감을 마름질하시다가 관격(關格)[31]되어 돌아가시더니 지금 회생하셨나이다."

김선전이 대로하여 분한 마음을 참지 못하고 소리쳤다.

"어찌 나를 속이려 하느냐? 이 몹쓸 처자가 양가문호(良家門戶)를 돌아보지 않고 이런 놀라운 일을 하는데 전혀 몰랐으니, 어찌 통탄치 않으리오."

원통하고 분하여 보지도 않으려 하다가 진위를 알려고 들어가본즉, 부인이 과연 죽었다가 깨어났다. 부인이 일어나 비로소 김선전을 보고 말했다.

"제가 꿈을 꾸었는데 어떤 곳에 갔더니 큰 잔치를 벌여 모든 선전관이 열을 지어 앉아 있고 나 같은 노소부인(老少夫人)이 모였는데, 한 사람이 가로되, 기생을 데려왔다 하니 하나씩 앞에 앉혀 수청케 하는데, 나는 가군(家君)[32]이 앞에 앉히기로 가만히 앉았더니 자리에 앉은 모든 객이 다 성낸 얼굴빛이더니 가군이 먼저 일어나자, 모두 또 각각 흩어지는 것이었습니다. 그리고 꿈을 깨었습니다."

김선전은 부인의 말을 듣고 할말을 잃었다. 그리고 의혹을 품

---

31) 먹은 음식이 갑작스럽게 체하여, 가슴이 꽉 막히고 정신을 잃는 위급한 병. 32) 남에게 자기의 남편을 이르는 말.

고 하루는 동료 관리와 더불어 그날 백사장에서 놀았던 창기와 부인들이 혼절(昏絶)하였던 일을 말했다.

"이는 반드시 전우치가 요술로 우리들을 욕보인 것이라."

하고 결론지었다.

이때 함경도 가달산(可達山)에 한 도적이 나타나 재물을 노략하고, 인민을 살해하고 있었다. 그곳 원에서 관군을 발하여 잡으려 하였으나 잡지 못하고 나라에 보고하니 임금이 크게 근심하여 조정에 도적을 잡을 방법을 의논하라 하니 우치가 아뢰었다.

"도둑의 형세 심히 크다 하오니, 신이 홀로 나아가 적의 세력을 파악한 후 잡을 묘책(妙策)을 정하리이다."

임금이 크게 기뻐하사 어주(御酒)를 내리고 인검(釼劍)을 주며 말했다.

"도적의 세력이 크다면 이 칼로 사졸을 호령하라."

우치가 절하고 물러나와 즉시 말에 올라 장졸을 거느리고 여러 날 만에 가달산 근처에 다다라 보니 큰 산이 하늘에 닿는 듯하고, 갖가지 나무가 우거졌으며, 기암괴석(奇岩怪石)이 중중첩첩한 것이 아주 험악했다. 우치는 군사를 산 아래에 머무르게 하고, 임금이 하사한 인검을 가지고 몸을 흔들어 변하여 솔개가 되어 가달산으로 갔다.

가달산의 수천 명 산적 중 우두머리는 엄준(嚴俊)이라는 자였다. 그는 매우 용맹스럽고 무예(武藝)가 뛰어났다.

우치가 공중에서 두루 살펴보니, 엄준이 의연히 홍일산(紅日傘)을 받고 천리백총마(千里白驄馬)를 타고, 비단옷에 붉은 치마를 차려 입은 시녀를 좌우에 두고 추종자 백여 명을 거느린 채

바야흐로 산 사냥을 하고 있었다. 우치가 좀더 자세히 살펴보니 기골이 장대하고, 신장이 팔 척이요, 낯빛이 붉고, 눈이 방울 같으며, 수염은 비늘을 묶어 세운 듯하니, 곧 일대걸물(一代傑物)이었다.

엄준이 추종자들을 거느리고 이골 저골로 한바탕 사냥하다가 분부하였다.

"오늘은 각처로 갔던 장수들이 다 올 것이니, 마땅히 소 열 필만 잡고 잔치하리라."

그것은 마치 쇠북을 울리는 것 같은 목소리였다.

이때 우치는 한 가지 계략을 생각해냈다. 그는 나뭇잎을 훑어 신병(神兵)[33]을 만들어 창과 검을 돌리고 기치(旗幟)를 벌려 진(陣)을 이루고 머리에 쌍투구를 쓰고 몸에 황금 쇄자갑(刷子甲)에 황라(黃羅) 전포(戰袍)를 겹쳐 입고 천리백총마를 타고 손에 청사랑인도를 들고 습격했다. 그러자 성문을 굳게 닫거늘 우치가 주문을 외니 문이 저절로 열렸다. 우치가 들어가며 좌우를 살펴보니, 웅장하고 화려한 집이 즐비했고, 창고에는 미곡(米穀)이 가득하며, 차차 전진하여 한 곳에 이르니 웅장하고 화려한 누각이 공중에 솟아 있었다. 우치는 그것을 가만히 보다가 솔개로 변신하여 날아 들어가 보았다. 엄준이 황금교자(黃金轎子)에 높이 앉아 있고, 좌우에 부하들이 차례로 앉아서 크게 잔치를 벌이고 있었다. 그 뒤에 큰 뜰이 있어 미녀 수백 인이 죽 앉아서 상을 받았거늘, 우치가 주문을 외우니 무수한 줄이 내려와 모든 상을 거두어 가지고 중천(中天)에 높이 떠오르며, 광풍(狂風)이 크게 일어

---

33) '신이 보낸 군사'라는 뜻으로 신출귀몰하여 적이 맞싸울 수 없는 강한 군사의 비유.

나고 운문차일(雲紋遮日)과 수 놓은 병풍이 무너져 공중으로 날아가니, 엄준이 정신을 차리지 못하여 뜰 아래 나무 등걸을 붙들고, 모든 군사들은 먹던 음식을 들고 바람에 휩싸이니 가관이었다.

이윽고 우치가 바람을 거두고 앗아 온 음식을 가지고 산 아래로 내려와 장졸에게 나누어 먹이고 그곳에서 잠을 잤다.

바람이 그치자 엄준과 그 부하들이 비로소 정신을 차리고 보니 그렇게 많던 음식이 하나도 없는 것이었다.

이튿날 날이 새자 우치는 다시 산중에 들어가 갑옷과 투구를 갖추고 문 앞에 이르러 크게 호령했다.

"역적은 바삐 나와 내 칼을 받으라."

문을 지키던 군사가 이것을 급히 고하니 엄준이 크게 놀라 급히 장졸을 거느리고 문 밖에 나와 진을 치며 말을 타고 검을 휘두르며 말했다.

"너는 어떠한 장수인데 감히 왜 싸우고자 하는가?"

"나는 임금님의 명령을 받잡고 너희를 잡으러 왔으며, 내 성명은 전우치로다."

"나는 엄준이다. 네가 능히 나를 당할수 있을 것 같은가?"

엄준이 달려 드니 우치가 맞아 싸우는데, 두 사람의 재주가 신기하여 맹호가 밥을 다투는 듯, 청황룡(靑黃龍)이 여의주(如意珠)를 다투는 듯했다. 두 사람의 정신이 씩씩하여 진시(辰時)로부터 사시(巳時)에 이르도록 승부(勝負)를 내지 못하고 서로 군을 거두었다. 부하들이 엄준에게 치하했다.

"어제는 천변(天變)을 만나 놀랐으되, 오늘은 범 같은 장수를 능히 상대하시니 하늘이 도우신 것입니다. 그러나 적장의 용맹이 뛰어나니 가벼이 여기지 마시옵소서."

엄준이 웃으며 말했다.

"적장이 비록 용맹하나 내 어찌 저를 두려워하리오. 내일은 결단코 우치를 베이고 바로 경성으로 향하리라."

이튿날에 진문(陳門)을 활짝 열고 엄준이 크게 호령했다.

"전우치는 빨리 나와 내 칼을 받으라. 오늘은 맹세코 너를 베리라."

칼을 지닌 채 말을 타고 전우치를 비방하니, 우치가 크게 노하여 말을 내몰아 칼춤을 추며 엄준을 상대하여 맞붙어 싸우는데 적장의 창이 마치 번개와 같았다. 우치는 무예(武藝)로 이기지 못할 줄 알고, 변신하여 제몸은 공중에 오르고 거짓 몸이 엄준을 대적하며 크게 꾸짖었다.

"내 평생에 생살(生殺)을 아니 하려 하였는데 이제 너를 죽이리라."

그러나 우치는 마음을 바꾸었다.

"이놈을 생포하여 만일 순종하면 죄를 사하여 양민을 만들고, 그러하지 않으면 죽여 후환을 없이 하리라."

우치가 공중에 칼을 번득이며 말했다.

"적장 엄준은 나의 재주를 보라."

엄준이 크게 놀라 하늘을 쳐다보니 구름 속에 우치의 검광(劍光)이 번개 같거늘, 대경 실색(大驚失色)하여 급히 본진으로 돌아오는데, 우치가 앞에서 칼을 들어 길을 막고 또 뒤에서도 따르고 좌우에서도 칼을 들어 덤비고, 또 머리 위에서도 말을 타고 춤추며 엄준을 범하는 것이었다. 엄준이 정신이 아득하여 말에서 떨어지니 우치가 그제야 구름에서 내려와 거짓 우치를 거두고 군사를 호령하여 엄준을 결박하여 본진으로 보내었다. 그리고 그의 부하들을 한 사람도 해치지 아니하고 꾸짖었다.

"너희가 도적을 좇아 각 읍을 노략하고 백성을 살해하니, 그 죄 가볍지 않으나 특별히 죄를 사하노니, 각각 고향에 돌아가 농업에 힘쓰고 가산을 다스려 양민이 되도록 해라."

모든 장졸이 머리를 조아려 감사를 표하고 행장을 수습하여 일시에 흩어졌다.

우치가 엄준의 내실에 들어가 보니 녹의홍상(綠衣紅裳)한 시녀와 가인(佳人)이 수백 명 있었다. 우치는 그들을 각자 집으로 돌려보내고, 본진에 돌아와 장대(將臺)에 높이 앉고 좌우를 호령하여 엄준을 석단(石段) 아래에 꿇어앉게 하고 사나운 목소리로 크게 꾸짖었다.

"네 재주와 용맹이 있거든 마땅히 진충보국(盡忠報國)[34]하여 후세에 이름을 전함이 옳거늘, 감히 역심(逆心)을 품고 산적이 되어 재물을 노략하여 인민을 살해하니 마땅히 삼족을 멸할지라. 어찌 잠시나마 얼굴을 마주 대하리오."

우치가 무사를 호령하여 원문 밖에서 칼로 목을 베라 하니, 엄준이 슬피 울며 뉘우치는 것이었다.

"소장의 죄상은 만사무석(萬死無惜)이오나, 장군의 하해(河海) 같으신 덕으로 잔명을 살리시면 마땅히 허물을 고치고 장군의 휘하에 좇으리이다."

눈물이 비오듯 하여 진정이 표면에 드러나거늘, 우치가 속으로 깊이 생각하더니 말했다.

"네 실로 잘못을 뉘우치고 착하게 살 것이면 죄를 사하리라."

---

34) 충성을 다하여 나라의 은혜를 보답함.

우치는 무사를 분부하여 엄준의 결박을 끄르고 위로한 후 신병을 사라지게 하고 첩서(捷書)[35]를 닦아 올린 후 산적들의 소굴을 불지르고 즉시 떠나려 하는데, 엄준이 이미 산채를 불지르고 나서 우치의 은혜를 사례하고 고향에 돌아가 양민이 되었다.

우치가 임금의 앞에 나아가 엎드려 절하자 임금이 파적(破賊)한 설화를 들어 칭찬하며 상을 후히 주시니, 우치는 천은을 감축하여 집에 돌아와 모친을 뵈옵고 임금께 받은 물건을 드리니 부인이 또한 함께 감사하고 축하하였다.

우치가 서울에 돌아온 후 조정 백관이 다 우치를 보고 성공함을 치하하였으나 선전관은 한 사람도 오지 아니하였으니, 이는 전일 놀이에 부인들을 욕보인 허물 때문이었다.

우치가 그것을 짐작하고 그들을 다시 혼을 내주려 하루는 월색(月色)이 조용함을 틈타 오색 구름을 타고 황건역사(黃巾力士)[36]와 이매망량(魑魅魍魎)[37]을 다 모으고 신장(神將)을 명하여 모든 선전관을 잡아오라 하였다. 오래지 아니하여 그들을 잡아와서는 황건역사와 이매망량이 각각 한 사람씩 우치 앞에 끌고 왔다. 모든 선전관이 떨며 땅에 엎드려 쳐다보니 우치가 구름 교의에 단좌(端坐)하고 좌우에 신장이 나열하였고, 불빛이 휘황한 가운데 그 위풍이 늠름하였다.

우치가 크게 꾸짖어 말했다.

"내 너희들의 교만한 버릇을 징계(懲戒)하려고 전일 너희들의

---

35) 싸움에서 이긴 것을 보고하는 글. 36) 굳세다는 신장(神將)의 이름. 37) 사람을 해치는 온갖 도깨비나 귀신.

부인을 잠깐 욕되게 하였으나 극한 죄 없거늘, 어찌 이렇듯 원한을 품어 아직도 잘난 체하니 내 너희를 다 잡아 풍도(酆都)로 보내리라. 내 밤이면 천상 벼슬에 깊이 감사하고, 낮이면 국가에 중임이 있어 지금껏 미루어 왔는데, 이제 너희를 잡아옴은 지옥에 보내어 만모(慢侮)한 죄를 속(贖)하려 함이라."

역사(力士)들에게 그들을 곧 몰아내라 명하니 모두 달려들거늘, 우치가 다시 분부했다.

"너희는 이 죄인을 냉옥(冷獄)에 가두고 법왕(法王)께 주하여 이 죄인들을 지옥에 가두고 팔만 겁(八萬劫)이 지나거든 업축(業畜)을 만들어 보내라."

모든 선전관이 경황한 중 이 말을 들으니, 혼비백산(魂飛魄散)하여 빌기 시작했다.

"우리가 어리석고 생각이 짧아 대죄(大罪)를 범하였사오니, 바라건대 죄를 사하시면 허물을 고치리이다."

우치가 한참 있다가 말했다.

"내 너희를 풍도로 보내고 누천 년(屢千年)이 지나도록 인간 세상에 나지 못하게 하려 했지만 전일 안면을 봐서 놓아 보내나니, 후일 다시 보아 처치하리라."

그러고 나서 그들을 모두 내치거늘, 이때 선전관들이 깨어나니 꿈이었다. 그들은 정신을 진정시키지 못하여 땀이 흐르고 마음이 심란하였다.

하루는 선전관이 모두 전일의 꿈을 말했는데 모두 똑같았다. 그 후로 그들은 우치를 각별히 대접하였다.

이때 임금이 호조판서에게 물었다.

"전일 호조의 은이 변하였다 하니 어찌 된 일인가?"

"지금껏 변하여 있나이다."

임금이 또 창고에 대해 물으시되 다 변한 대로 있다고 하니 임금이 근심하였다. 이에 우치가 아뢰었다.

"신이 원컨대 창고와 어고를 가 보고 오리이다."

임금이 이를 허락하였으므로 우치가 호조판서를 따라 호조에 이르러 문을 열고 보니 은이 예전과 같이 그대로 있었다. 호조판서가 깜짝 놀라 말했다.

"내가 어제도 보고 아까도 보았지만 은이 아니로되, 어찌 지금은 은으로 보이니 괴이하도다."

그리고 창고에 가 문을 열어 보니 쌀이 여전하고 조금도 변한 데가 없거늘 모두 놀라고 신기하게 여겼다.

우치가 두루 살펴보고 궐내에 들어가 그대로 보고드리니 임금이 듣고 기뻐했다.

이때에 간의대부(諫議大夫)가 상주하였다.

"호서(湖西) 땅에 사오십 명이 한곳에 모이어 역모를 꾀하고 조만간 군사를 일으키리라 하고 사자 문서를 가지고 신에게 왔사오니 그자를 가두고 아뢰옵나이다."

임금이 탄식하였다.

"과인이 박덕(薄德)하여 처처에서 도적이 일어나니, 어찌 한심치 아니하리오."

하며 의금부와 포도청에 명하여 잡으라 하니 오래지 않아 도적의 무리를 잡았거늘, 임금이 친히 신문하실 때 그 중 한 놈이 아뢰었다.

"선전관 전우치는 주주 과인하기로 신 등이 우치로 임금을 삼아 만민을 평안케 하려 하더니, 하늘이 돕지 않아 발각되니 죄

만사무석이로소이다."

이때 우치는 문사낭청(門事郞廳)[38]으로 임금 곁에 있었는데 갑자기 모함에 빠졌다. 임금이 크게 노하여 명했다.

"우치가 반역을 꾀하려 하는 것을 내 일찍이 짐작하였으나, 나중을 보려 하였더니 이제 발각됐으니 빨리 저놈을 잡으라."

나졸들이 명에 따라 우치를 붙들어 관대를 벗기고 옥계(玉階) 아래에 꿇리니, 임금이 매우 노하시어 형틀에 올려 매고 죄를 물었다.

"네 전일 나라를 속이고 도처마다 장난함도 용서치 못하거늘, 이제 또 법을 어기고 군사를 일으키니 어찌 용서하리오. 나졸을 호령하여 한 매에 죽이라."

적장과 나졸이 힘껏 치나 능히 또 매를 들지 못하고 팔이 아파 치지 못하자 우치가 아뢰었다.

"신의 전날의 죄상은 죽어 마땅하나, 오늘의 일은 매우 억울하옵니다."

그러나 임금이 용서치 아니하였다.

"신이 이제 죽을진대 평생에 배운 재주를 세상에 전하지 못하고 지하에 돌아가면 원혼(冤魂)이 되리니, 바라옵건대 폐하께서는 저의 원을 풀게 하옵소서."

임금이 잠시 생각해 보았다.

'이놈의 재주가 능하다 하니 시험하여 보리라.'

"네 무슨 재주 있기에 이리 보채느냐?"

"신이 본시 그림 그리기를 잘하니 나무를 그리면 나무가 점점

---

38) 조선 시대에 죄인을 신문할 때 기록과 낭독을 맡던 임시 벼슬.

자라고, 짐승을 그리면 짐승이 기어가고, 산을 그리면 초록이 나서 자라옵니다. 이러므로 명화라 하오니, 이런 그림을 전하지 못하고 죽으면 어찌 원통치 않겠습니까."

임금이 생각했다.

'이놈을 죽이면 원혼이 되어 괴로움이 있을까?'

임금이 즉시 우치를 풀어 주게 하고 종이와 붓을 내리시어 원을 풀라 하니, 우치가 곧 산수를 그리기 시작했다. 천봉만학(千峰萬壑)과 만장폭포(萬丈瀑布) 산상을 좇아 산 밖으로 흐르게 하고, 시냇가에 버들을 그려 가지 늘어지게 하고 밑에 안장 지은 나귀를 그리고 붓을 던진 후 감사의 절을 올리자 임금이 물었다.

"너는 곧 죽을 놈이다. 그 절은 무슨 뜻이냐?"

우치가 말했다.

"신이 이제 폐하를 하직하옵고 산림에 들어 남은 생을 마치고자 인사드리나이다."

우치가 나귀 등에 올라 산동구에 들어가더니 이윽고 간 데 없거늘, 임금이 크게 놀라 소리쳤다.

"내 이놈의 꾀에 또 속았으니, 이를 어찌하리오."

임금은 이렇게 한탄하며 그 죄인들을 내어 버리라 했다.

이때 우치가 조정에 있을 때 이조판서(吏曹判書) 왕연희(王延喜)가 우치를 시기하여 해하고자 하였다. 그런데 이날 임금께서 도적을 친히 신문하실 때 참소하여 죽이려 하거늘, 우치는 왕연희로 변신하여 추종을 거느리고 바로 그의 집에 가 내당으로 들어가 있었다. 일몰할 때 왕연희가 돌아오매, 부인과 시비 등이 이상히 여기며 혼란스러워 하거늘 왕연희로 변신한 우치가 말했다.

"천년 된 여우가 변하여 내 얼굴이 되어 왔으니, 변괴(變怪)로

다."

왕연희가 벽력같이 소리를 질렀다.

"어떤 놈이 내 얼굴이 되어 내 집에 있는가?"

우치는 즉시 하인에게 명하여 냉수(冷水) 한 그릇과 개피 한 사발을 가져오라 하였다. 그리고 우치가 왕연희를 향하여 그것을 뿌리고 주문을 외우니 왕연희는 꼬리 아홉 가진 여우로 변하였다. 그제야 노복 등이 칼과 몽둥이를 가지고 달려들거늘 우치가 만류하였다.

"이 일은 큰 변괴니 궐내에 들어가 아뢰고 처치하리라."

그러고 나서 아주 단단히 묶어 방에 가두라 하니, 노복이 네 다리를 동여매어 방에 가두고 숙직했다.

왕연희가 뜻밖의 일을 당하여 말을 하려 하여도 여우 소리처럼 되고, 정신이 아득하여 기운이 빠지니 아무것도 하지 못하고 눈물만 흘렸다. 우치는 생각했다.

'사오 일만 속이면 목숨이 그칠까.'

밤이 되어 우치가 왕연희를 가둔 방에 이르러 보니, 사지를 동여매인 채 꿇려져 있거늘 우치가 말했다.

"왕연희, 너와 나는 원수진 일이 없거늘 어찌하여 나를 해하려 하였느냐? 하늘이 죽이려 하시면 죽으려니와 그렇지 아니하면 죽지 아니하리니, 네 나를 모함하여 나라에 고하여 임금님의 총애를 받으려 하므로 나는 너를 칼로 죽여 한을 풀 것이나, 내 평생에 살생을 아니 하기로 하였으므로 너를 용서하니, 이후로 만일 어전(御前)에서 나를 향하여 무고한 짓을 하면 그때는 용서하지 않으리라."

우치가 주문을 외우니, 왕연희가 벌써 우치인 줄 알고 벌벌 떨며 거듭 절하고 무수히 사례했다.

"전공의 재주는 세상에 다시 없으니 내 삼가 교훈을 잊지 않으리이다."

"내 그대를 구하고 가지만 내 돌아간 후 집안이 소란스러울 것이니, 여차여차하고 있으라."

이렇게 말하고 우치는 구름을 타고 남쪽으로 갔다.

왕연희가 말했다.

"우치의 술법이 세상에 희한하니, 짐짓 사람을 희롱함이요, 살해는 아니 하도다."

왕연희가 즉시 노복을 불러 요사스러운 여우를 수색하라 하나 간 데 없거늘 왕연희가 거짓으로 성을 내었다.

"너희가 소홀하여 그것을 놓쳤도다."

이때 우치가 집에 돌아와 한가히 돌아다니다가 한곳에 이르러 보니, 사람들이 한 족자를 가지고 다투어 보며 칭찬하고 있었다.

"이 족자에 있는 그림은 천하에 둘도 없는 명화(名畵)도다."

우치가 그림을 보니 미인도 있고 아이도 그려져 있는데 모두 웃는 모습이었다. 입으로 말은 못 하나 눈으로 보는 듯하니, 생기(生氣)가 넘쳐 흘렀다. 모든 사람들이 그 그림을 탄복하며 우러러보거늘 우치가 한 계교를 생각하고 웃으면서 말했다.

"그대들 눈이 높아 그러하거니와 안목이 없도다."

"이 족자의 그림이 사람을 보고 웃고 있으니, 이런 명화는 이 천하에 없을까 합니다."

"이 족자의 값이 얼마나 하는가?"

"은자(銀子) 오십 냥이니 그림 값은 그림의 가치보다 적습니다."

"내게도 족자가 하나 있으니 그대들은 구경하시오."

우치가 소매에서 족자 하나를 내어 놓으니, 모두 보건대 그것 역시 미인도(美人圖)였다.

인물이 아주 아름답고 녹의홍상(綠衣紅裳)을 정제(整齊)하였으니, 꽃같이 아름다운 용모가 짐짓 경국지색(傾國之色)[39]이었다. 그 미인이 유마병을 들었으니 더욱 신기롭고 묘했다.

여러 사람이 보고 칭찬했다.

"이 족자가 우리 족자보다 낫도다."

우치가 말했다.

"내 족자의 화려함도 사람의 이목(耳目)을 끌 정도지만 한층 더 묘한 것을 구경하게 해 주리라."

그러고 나서 우치가 그림에 대고 가만히 말했다.

"주선랑(酒仙娘)은 어디 있느냐?"

그러자 문득 족자 속의 미인이 대답하고 나오니 우치가 말했다.

"그대는 모든 상공께 술을 부어 드리라."

선랑(仙娘)은 즉시 응낙하고 옥으로 만든 푸른 잔에 청주를 가득 부어 드리니 우치가 먼저 받아 마시자 동자(童子)가 마침 상을 올리거늘, 안주를 먹은 후에 연하여 차례로 드리니, 여러 명이 먹었는데 맛이 아주 깨끗하고 차가웠다.

여러 사람들이 각각 한 잔의 술을 마시게 한 후 주선랑이 동자를 데리고 상과 술병을 거두어 가지고 도로 족자의 그림이 되니 사람들이 크게 놀랐다.

---

39) 썩 뛰어난 미인.

"이는 신선이요, 조화(造化)가 아니다. 이 희한한 그림은 생전에 듣지도 못하고 보지도 못한 것이다."

사람들이 다투어 서로 그것을 가지기를 바라더니, 그 중에 오생(吳生)이란 사람이 우치에게 청했다.

"내 한번 시험하여 보리라. 우리들이 먹은 술이 양에 차지 않으니 주선랑을 다시 청하여 한 잔씩 먹게 함이 어떻겠습니까?"

우치가 이를 허락하였으므로 오생이 그림에 대고 가만히 말했다.

"주선랑아, 아까 먹은 술이 양에 차지 않으니 더 먹기를 청하노라."

그러자 선랑이 술병을 들고 나오고 동자는 상을 가지고 나왔다. 사람들이 자세히 보니 그림이 화하여 사람이 되어 병을 기울여 잔에 가득 부어 드리거늘, 받아 마시니 향기가 입에 가득하고 맛이 기이하였다.

사람들이 또 한 잔씩 마시니 술이 잔뜩 취하였다.

"오늘 훌륭한 분을 만나 선주(仙酒)를 먹고 또한 묘한 일을 많이 보니 신통함을 이루 말할 수 없습니다."

그 사람의 말을 듣고 우치가 말했다.

"그림의 술을 먹고 어찌 사례하리오."

"그 족자를 제가 가지고자 하오니 파실 수 있으신지요?"

"내가 가진 지 오래 되었지만 정히 욕심을 내는 사람이 있으면 팔려 합니다."

"그림 값이 얼마나 됩니까?"

"술병에는 하늘 나라에나 있는 술이 솟는 샘과 같아 술이 일시도 없을 때가 없으므로 대단한 보배인지라 은자 일천 냥을 받고자 하지만 그것도 오히려 싸지 않은가 합니다."

"내게 누만금(累萬金)⁴⁰⁾이 있으나, 이런 보배는 처음 보니 원컨대 형은 제 집에 가 수일만 머무르면 일천금을 드리리라."

우치가 족자를 거두어 가지고 오생의 집으로 가고, 사람들은 대취하여 각각 흩어졌다.

우치가 족자를 오생에게 전하고 돌아가면서 말했다.

"내가 내일 돌아올 것이니 값을 준비하여 두시오."

오생이 술에 대취하여 족자를 가지고 내당에 들어가 다시 시험하려고 족자를 벽상에 걸고 보니 선랑이 병을 들고 서 있었다. 오생이 가만히 선랑을 불러 술을 청하니 선랑과 동자가 나와 술을 권하였다. 오생이 선랑의 그 고운 태도를 보고 사랑하여 그 고운 손을 이끌어 무릎 위에 앉히고 술을 마신 후 춘정(春情)⁴¹⁾을 이기지 못하여 잠자리로 이끌고자 할 때 문득 문을 열고 급히 들어오는 여자가 있었으니 이는 오생의 처 민씨(閔氏)였다.

민씨는 투기에는 선봉이요 싸움에는 대장이라, 오생이 어떻게 이끌지 못하였는데 금일 오생이 선랑을 안고 있음을 보고 몹시 화가 나서 급히 달려드니, 선랑이 일어나 족자로 들어가거늘 민씨 더욱 화가 나서 족자를 갈갈이 찢어 버렸다.

오생이 놀라서 민씨를 꾸짖을 즈음에 우치가 와서 부르거늘, 오생이 나와 맞은 후 전말(顚末)을 자세히 고하니 우치가 즉시 변신하여 거짓 몸은 오생과 이야기를 하고 진짜 몸은 안으로 들어가 민씨를 향하여 주문을 외우니 문득 민씨가 이무기로 변하였다. 우치가 가만히 방에서 나와 거짓 몸을 거두고 오생에게 말

---

40) 굉장히 많은 액수의 돈. 41) 남녀간의 정욕.

했다.

"이제 형의 부인이 나의 족자를 없앴으니 값을 어찌하려 하오?"

오생이 말했다.

"이는 나의 잘못이니 어찌 값을 아니 내리오. 마땅히 환을 하여 주시면 즉시 갚으리이다."

우치가 말했다.

"그런데 그대 집에 큰 변괴가 있으니 방으로 들어가 보시오."

오생이 놀라고 한편 의심스러워하며 안방에 들어와 보니 금빛 같은 이무기가 두 눈을 움직이며 상 밑에 엎드려 있거늘, 오생이 대경실색(大驚失色)하여 급히 내달으며 우치를 보고 일렀다.

"방에 흉악한 짐승이 있으니 쳐죽여야 하겠소."

"그 요괴를 죽여서는 안 되오. 만일 죽이면 큰 화를 당할 것이오. 내게 부적이 하나 있는데 그 부적을 허리에 붙이면 오늘 밤에 자연 사라질 것이오."

우치가 소매 속의 부적을 내어 가지고 방에 들어가 이무기의 허리에 붙이고 나와서 오생에게 말했다.

"이곳에 경문(經文)[42] 외우는 사람이 있소?"

오생이 말했다.

"이곳에는 없소이다."

"그러면 방문을 열어 보지 마시오."

우치는 이렇게 당부하고, 즉시 거짓 민씨 하나를 만들어 내당에 두고 돌아갔다.

---

42) 기도하거나 푸닥거리할 때에 외는 사설.

오생이 우치를 보내고 내당에 들어오니 민씨가 금침에 싸여 누워 있다가 근심스럽게 말했다.

"우리 집의 천년 묵은 요괴가 그대 얼굴이 되어 외당에 나와 신선의 족자를 찢어 버리므로 아까 그 신선이 이무기를 사라지게 하는 부적을 허리에 붙이고 갔으니 족자 값을 어찌하리오."

이튿날 우치가 돌아와서 방문을 열고 이무기로 있는 민씨를 보고 꾸짖었다.

"네가 남편을 업신여기고 요사스럽고 간악하여 남의 족자를 찢고 또 나를 욕되게 한 죄로 금실로 얽은 그물을 씌워 여러 해 고초를 겪게 하려 하였으나, 이제 만일 전날의 잘못을 뉘우치고 고친다면 이 허물을 벗기려니와, 그렇지 아니하면 그냥 안 두리라."

이에 민씨가 고두사죄(叩頭謝罪)[43]하거늘, 우치가 주문을 외우니 그물이 절로 벗겨졌다. 민씨가 절을 하며 말했다.

"선관의 가르치심을 들어 잘못을 뉘우치겠습니다."

우치는 내당에 있는 거짓 민씨를 거두고 구름을 타고 돌아왔다.

우치는 양봉환(梁奉煥)이란 선비와 어려서 함께 글을 배웠는데, 어느 날 우치가 찾아가 보니 병들어 누워 있었다.

"그대 병이 이렇듯 중한데 어찌 알리지 않았는가?"

양생이 말했다.

"때로는 가슴이 아프고 정신이 혼미하여 식음(食飮)을 전폐(全

---

43) 머리를 조아리고 잘못을 빎.

廢)한 지 이미 오래니 이제 얼마 살지 못할 것 같다네."

"이 병은 사람을 그리워하여 났구먼."

"그러하다네."

"어떤 가인(佳人)을 생각하는가? 나는 나이 사십에 여색에 뜻이 없다네."

"남문(南門) 안 현동(玄洞)에 정씨(鄭氏)라 하는 여자가 있는데, 일찍 홀로 되어 다만 시모(媤母)를 모시고 사는데 인물이 절색이라. 마침 그집 문 사이로 보고 돌아온 후 상사(相思)하여 병이 되었는데 아마도 살아나지 못할 것 같다네."

"말 잘하는 매파(媒婆)[44]를 보내어 의사를 묻는 것이 어떠한가?"

"그 여자의 절개가 송죽(松竹) 같아 성사시키지 못하고 속절없이 은자 수백 냥만 허비하였다네."

"내 형장(兄丈)[45]을 위하여 그 여자를 데려오리다."

"형의 재주 뛰어나더라도 부질없는 헛수고만 할 것이네."

"그 여자 나이가 얼마나 되는가?"

"이십삼 세로다."

"형은 안심하고 내가 돌아오기만 기다리오."

우치는 구름을 타고 나아가 버렸다.

정씨는 일찍 남편이 죽어 홀로 세월을 보내며 슬픈 심회를 생각하고 죽고자 하나 그러지 못하고, 위로 시모를 모시고 다른 동기 없이 서로 의지하며 세월을 보내었다. 하루는 정씨가 심신이

---

44) 혼인을 중매하는 할멈. 45) 나이가 비슷한 친구 사이에서 상대방을 높이어 일컫는 말.

산란하여 방에서 배회하였는데 구름 속에서 한 선관(仙官)이 내려와 정씨를 불렀다.

"주인 정씨는 빨리 나와 남두성(南斗星)의 명을 받으라."

정씨 이 말을 듣고 시모께 고하니, 부인이 또한 놀라 뜰에 내려 땅에 엎드리고 정씨 역시 땅에 엎드렸다. 선관이 말했다.

"선랑은 천명을 순수(順受)하여 천상(天上) 요지(瑤池) 반도연(蟠桃宴)에 참여하라."

정씨는 이 말에 크게 놀라 말했다.

"첩은 인간의 더러운 몸이요, 또한 죄인인데 어찌 천상에 올라가 옥황 상제님을 뵙겠습니까?"

선관이 말했다.

"최선랑은 인간의 더러운 물을 먹어 천상의 일을 잊었도다."

우치가 소매에서 조롱박을 내어 향온주(香醞酒)를 가득 부어 동자로 하여금 권하였다. 정씨가 그것을 받아 마시자 정신이 혼미해졌는데 선관이 정씨를 오색 구름 위로 오르게 했다.

이때 강림도령(降臨道令)이 모든 거지를 데리고 저잣거리로 다니며 양식을 얻고 있었는데, 홀연 오색 구름이 동남쪽으로 지나며 향취가 가득했다. 이에 강림이 치밀어 보고 한번 구름을 가리키니 구름 문이 열리며 한 미인이 땅에 떨어지거늘 우치 놀라서 급히 좌우를 살펴보니 아무도 법술(法術)을 행하는 자 없었다. 우치가 괴이히 여겨 다시 요술을 부리려 하는데 문득 한 거지가 내달아 꾸짖었다.

"필부(匹夫)[46] 전우치는 들어라. 네 요술로 나라를 속이니 그

---

46) 보잘것없고 하찮은 사내.

죄 크지만 착한 일을 하는 방편으로 사용하므로 무사함을 얻었
거니와, 이제 흉악한 심장으로 절개 굳은 부인의 절개를 깨뜨리
고자 하니, 어찌 하늘이 버려 두시리오. 하늘이 나를 내리시어 너
같은 요물을 없애라 하셨느니라."

우치가 크게 노하여 보검을 빼어 치려 하였더니 그 칼이 변하
여 큰 범이 되어 도리어 저를 해하려 하거늘, 몸을 피하고자 하
나 발이 땅에 붙어 움직이지 못하였다. 급히 변신코자 하나 법술
이 통하지 않았다. 당황하여 도령을 보니, 비록 의복은 남루하나
도법이 높은 것을 알고 몸을 굽히고 빌었다.

"소생이 눈이 있으나 망울이 없어 선생을 몰라 보았습니다. 고
당(高堂)에 노모 계시되, 권세 잡고 감열 있는 자들이 너무 백성을
못 살게 굴기에 부득이 나라를 속였으며 또 정씨를 훼절하려 하
였으니, 원컨대 선생은 죄를 용서하시고 전술을 가르쳐 주소서."

강림이 대답했다.

"그대가 말하지 아니해도 내 벌써 알고 있도다. 국운이 불행하
여 그대 같은 요술이 세상을 어지럽히고 있으니 나는 마땅히 그
대를 죽여 후폐(後弊)를 없이 해야 하겠으나 그대의 노모를 위하
여 특별히 목숨을 살리노니 이제 정씨를 데려다가 빨리 제 집에
두라. 병든 양가에게는 정씨를 대신할 사람이 있으니, 이는 조실
부모하여 혈혈무의(孑孑無依)[47]하나 마음이 어질고 성품이 유순
할 뿐더러 또한 성이 정씨요, 나이 또한 이십삼 세라. 만일 내 말
을 어기면 그대의 몸이 큰 화를 면치 못하리라."

우치가 사례하여 말했다.

---

47) 홀몸으로 의지할 곳이 없음.

"선생의 고성대명(高姓大名)[48]을 알고자 합니다."

기인이 답했다.

"나는 강림도령이다. 세상을 희롱코자 하여 거리로 빌어먹고 다니노라."

우치가 말했다.

"선생의 가르치심을 삼가 받들어 행하겠나이다."

강림이 요술을 풀어 주니 우치는 백배 사례하고 정씨를 구름에 싸가지고 본집에 가 공중에서 그 시모를 불러 말했다.

"아까 옥경(玉京)[49]에 올라가니 옥황 상제 가라사대, '정선랑의 죄가 아직 남았으니 도로 인간에 내보내어 여액(餘厄)을 다 겪은 후에 데려오라' 하심에 도로 데려왔노라."

그러고 나서 소매에서 향온주를 내어 정씨의 입에다 넣으니, 이윽고 깨어 정신을 차리거늘 시모가 정씨에게 선관이 하던 말을 이르고 신기히 여겼다.

이때 우치가 강림도령에게 돌아와 그 여자가 있는 곳을 물으니 강림이 주머니 속에서 환형단(環形丹)을 내어 주며 그 집을 가리키거늘 우치가 하직하고 정씨를 찾아가니 한 칸밖에 안 되는 작은 초가집이 바람과 비를 막지 못하였다.

우치가 안으로 들어가 보니 한 여자가 시름을 띠고 홀로 앉았거늘, 우치가 달래며 말하였다.

"낭자의 고단하신 말씀은 내 이미 알았거니와 이제 청춘이 삼칠(三七)[50]을 지낸 지 오래도록 혼인하지 못하고 외로운 형상이

---

48) 상대방의 성명을 높이어 이르는 말. 49) 하늘 위의 옥황 상제가 산다고 하는 가상적인 서울. 50) '스물한 살'의 별칭.

딱하니 내 낭자를 위하여 중매하리라."

우치가 낭자에게 환형단을 먹인 후 주문을 외우니, 정 과부의 모양과 같게 되었다. 우치가 말했다.

"양생이란 사람이 있는데 인물이 아주 아름답고 가산도 부유하나 정 과부의 재주와 용모를 사모하여 병이 들었으니, 낭자가 한번 가 이리이리해 보시오."

즉시 보로 씌워 구름을 타고 양생의 집에 이르러 거짓 정씨를 외당에 두고 내당에 들어가 양생을 보니 양생이 우치에게 물었다.

"정씨의 일은 어찌 되었는가?"

우치가 말했다.

"정씨의 행실이 몹시 차가워 아무 말도 못 하고 왔다네."

양생이 탄식했다.

"이제는 속절없이 죽는 일만 남았도다."

그러자 우치가 갖가지로 조롱하여 말했다.

"내가 정씨보다 백배 나은 여자를 데려왔으니 보게나."

양생이 말했다.

"내 미인을 많이 보았으되, 정씨 같은 여성은 없나니 형은 농담 마오."

우치가 말했다.

"내 어찌 농담을 하리오. 지금 외당에 있으니 보게나."

양생이 겨우 몸을 일으켜 외당에 나가 보니 바로 정씨어늘 반가움을 감추지 못했다. 우치가 말했다.

"내 온 힘을 다하여 낭자를 데려왔으니 가사를 잘 다스리고 잘 살라."

양생이 우치에게 백배 사례했다. 우치는 양생과 이별하고 돌아 갔다.

　일찍이 야계산(耶溪山)에 도사(道士)가 있었으니 도학이 높고 마음이 청정(淸淨)하여 세상의 명예와 이익을 구하지 아니하며, 다만 메마른 밭 다섯 이랑과 화원(花園) 십 간으로 세월을 보내니 지상의 신선이라. 성호(性號)는 서화담(徐花潭)[51]이고 나이 오십오 세에 얼굴이 연꽃 같고 두 눈은 맑고 깨끗하고 정색[52]이 우뚝 솟았다.

　우치가 화담의 도학이 높음을 알고 찾아가니, 화담이 그를 맞았다.

　"내 한번 찾고자 하였더니, 누추한 곳에 왕림하시니 만행이로다."

　우치와 화담이 이야기를 나누고 있었는데 문득 보니 한 사람이 들어와 말했다.

　"손님이 와 계셨습니까?"

　"전공(田公)께서 오셨다."

　서화담이 우치더러 말했다.

　"내 아우 용담(龍潭)이오."

　우치가 용담을 보니 이목이 뚜렷하고 골격이 비상해 보였다. 용담이 우치더러 말하였다.

　"선생의 높은 술법을 들은 지 오래인데, 오늘날 만나 뵈니 영

---

51) 조선 초기의 학자 서경덕(1489~1546)을 가리킴. 자는 가구(可久). 호는 복재(復齋) 또는 화담(花潭). 벼슬을 외면하고 도학(道學)·수학(數學)·역학(易學) 연구에 전념함. 박연 폭포·황진이와 함께 송도 삼절(松都三絶)로 불림. 저서에 《화담집(花潭集)》이 있음.
52) 정삭. 남자 생식기의 일부.

광입니다. 청컨대 술법을 한번 구경코자 하오니 아끼지 마십시오."

용담이 구구히 간청하거늘, 우치가 한번 시험코자 하여 주문을 외우니 용담이 쓴 관이 쇠머리로 변하거늘 용담이 노하여 또 주문을 외우니 우치가 쓴 관이 범의 머리로 변했다. 이에 우치가 또 주문을 외우니 용담의 관이 변하여 백룡이 되어 공중에 올라 안개를 피우거늘, 용담이 또 주문을 외우니 우치의 관이 변하여 청룡이 되어, 구름을 헤치고 안개를 발하여 두 용이 서로 싸워 청룡이 백룡을 이기지 못하고 동남쪽으로 달아나거늘, 화담이 비로소 웃으며 말했다.

"전공이 내 집에 오셨다가 이렇듯 되니 네 어찌 무례치 않으리오."

화담이 책상에 얹힌 연적(硯滴)[53]을 한번 공중에 던지니, 연적이 변하여 일도금광(一道金光)이 되어 하늘에 퍼졌는데 두 용이 문득 본관이 되어 땅에 떨어졌다. 두 사람은 각각 거두어 쓰고, 우치가 화담을 향하여 사례하고 구름을 타고 돌아왔다.

화담은 우치를 보내고 용담을 꾸짖었다.

"너는 청룡을 내니 청(靑)은 목(木)이요, 백(白)은 금(金)이니, 오행(五行)에 금극목(金克木)이라 목이 어찌 금을 이기리오. 또 내 집에 온 손을 부질없이 해코자 하느뇨?"

용담이 다만 칭사하고 가장 노하여 우치를 미워하는 뜻이 있었다.

우치는 집에 돌아온 지 삼 일 만에 또 화담을 찾아갔다. 화담

---

53) 벼루에 먹을 갈 때 슬 물을 담아 두는 그릇.

이 말했다.

"그대에게 청할 말이 있는데 들어주겠소?"

우치가 말했다.

"말씀해 보십시오."

"남해(南海)에 큰 산이 있는데 이름은 화산(華山)이오. 그 산에 도인이 있는데 도호(道號)는 운수(雲水) 선생이라오. 내 젊어서 글을 배웠는데, 그 선생이 여러 번 서신으로 물었으나 답장을 못 하였소. 전공을 마침 만났으니 그대가 한번 다녀옴이 어떠하오?"

우치가 허락하자 화담이 말했다.

"화산은 바다 안에 있는 산이라 쉽게 다녀오지는 못할 것이오."

우치가 말했다.

"소생이 비록 재주 없사오나 순식간에 다녀오겠습니다."

화담이 믿지 않는 것 같아 우치는 자세히 알지 못하고 업신여기는가 하여 성을 냈다.

"생이 만일 다녀오지 못한다면 이곳에서 죽고 살아나지 않겠습니다."

화담이 말했다.

"행여 실수할까 염려스럽소."

화담이 즉시 글을 써서 주니 우치는 그것을 즉시 받아 가지고 해동청(海東靑) 보라매로 변신하여 공중에 올라 화산으로 향했다. 그런데 바다에 이르니 난데없는 그물이 앞을 막아서 우치가 높이 뛰어 넘고자 하니 그물이 따라 높이 막는 것이었다. 마침내 그물이 하늘에 닿았고, 아래로 바다를 연하여 좌우로 펴 있으니 갈 길이 없어 십여 일 동안을 애쓰다가 할 수 없이 돌아와 화담을 보고 웃으며 말했다.

"화산을 거의 다 가서 그물이 하늘에 연하여 갈 길이 없기에 모기가 되어 그물 틈으로 나가려 하였는데 거미줄이 첩첩하여 나가지 못하고 왔습니다."

화담이 웃으며 말했다.

"그리 큰소리를 치고 가더니 다녀오지 못하였으니, 이제는 산문(山門)을 나가지 못할 것이오."

우치가 돌아서 달아나고자 하니, 화담이 벌써 알고 속이려 하는지라 우치가 해동청이 되어 달아나니 화담이 수리가 되어 따라오고, 우치가 또 범이 되어 달아나니 화담이 청사자(靑獅子)로 변하여 물어 앞지르며 말했다.

"네 여러 가지 술법을 가지고 반드시 옳은 일을 위하여 행하니 기특하나, 사특(邪慝)함은 마침내 정대함이 아니요, 재주는 반드시 위가 있나니, 이로써 오래 세상에 다니면 필경 화를 입을지라. 일찍이 광명(光明)한 세상에 돌아와 정대한 도리를 강구함이 옳지 아니한가? 내 이제 태백산(太白山)에 대종교(大倧敎) 신리(神理)를 밝히려 하오니 그대 또한 나를 좇음이 어떠한가?"

우치가 말했다.

"가르치시는 대로 하겠습니다."

각각 집으로 돌아와 약간 가사를 분별한 후 우치가 화담을 모시고 태백산 배달 밑에 청사를 얽고 임검(壬儉)으로부터 오는 큰 이치를 강구하여 보배로운 글을 많이 지어 석실(石室)에 감추었다. 그 후일은 세상 사람이 알지 못하나, 일찍이 강원도 사는 양봉래라 하는 사람이 단군(檀君)의 성스러운 사적을 뵈오려고 태백산에 들어갔다가 화담과 우치 두 사람을 보았는데 두 사람이 일렀다.

"우리는 이리이리하여 이곳에 들어와 있거니와, 그대를 보니 잠시 언행(言行)이 유심한산(有心閑散)한 줄 알지라. 내 전할 것이 있으니 삼가 받들라."

그러고 나서 양봉래에게 비서(秘書) 몇 권을 주니, 양봉래가 그것을 받아 가지고 나와 정성으로 공부하여 그 오묘한 뜻을 통하였다. 그가 조용히 도통(道統)[54]을 전하여 한두 가지 드러나는 일이 있으나 세상이 다만 신선의 도로 알고 양봉래 또한 밝은 빛이 드러날 때를 기다릴 뿐, 화담과 우치 두 분이 태백에서 도 닦으시는 일만 세상에 전하였다. (World Best)

---

54) 도학(道學)을 전하는 계통.

《금오신화(金鰲新話)》 바로 읽기

권순긍(문학평론가, 세명대 교수)

1. 《금오신화》와 김시습

(1) 환상적이고 낭만적인 필치로 그려낸 꿈과 소망의 세계

김시습(金時習)이 나이 31세 되던 해 경주의 금오산(지금의 남산)에 정착하여 용장사에다 집을 짓고 7년 동안 썼던 작품이 우리 문학사에서 최초의 소설로 알려진 《금오신화(金鰲新話)》다. 일종의 단편소설집인 셈인데 현재 전하는 것은 5편이다.

〈만복사저포기(萬福寺樗蒲記)〉는 남원에 사는 양생이라는 젊은이가 일찍 부모를 여의고 만복사에서 홀로 거처하면서 달 밝은 밤이면 배필을 그리워하는 시를 지어 읊었다. 하루는 부처님과 저포 놀이(주사위 놀이의 일종)를 하여 이기게 되자 약속대로 배필을 구해 달라고 한다. 드디어 아리따운 아가씨가 등장하고 그녀를 보고 반한 양생은 관계를 갖기에 이르지만 사실은 죽은 처녀의 귀신이다. 결국 이들의 아름다운 사랑은 끝이 나고 양생은 세상과 등지고 여자의 뒤를 따른다.

〈이생규장전(李生窺墻傳)〉도 거의 같은 내용인데 결혼하게 되는 과정이 더 보태져 있다. 송도에 사는 이생이 태학에 공부하러 다니던 길에 최씨 처녀를 만나 사랑의 시를 주고받으며 관계를 맺는다. 집에서 반대했지만 우여곡절 끝에 마침내 부부가 되기에 이른다. 하지만 행복도 잠깐 홍건적의 난리를 만나 부인은 죽음을 당하고 폐허가 된 집에 돌아온 이생은 혼령이 된 아내를 만나 미진한 정을 다시 나눈다. 이들이 겪게 되는 처참한 수난의 과정이 자세하게 묘사되어 있어 비극적인 느낌을 더 강하게 전해 준다.

이 두 작품은 이른 바 '명혼소설(冥婚小說)'로 산 사람과 죽은 여자의 사랑을 다루었다. 흔히 이런 환상적이고 낭만적인 이야기를 '전기(傳奇)'라 일컫는다. 중국의 당나라 때 유행한 소설 방식인데 김시습은 이런 방식을 빌어 자신이 하고자 하는 얘기를 풀어 나갔다. 그것은 역사의 횡포에 대항하여 현실적으로는 불가능하지만 비현실의 세계를 통해 소망을 이루어 가는 방법이다. 죽은 여자의 혼령과 산 남자는 애초 결합이 불가능하다. 하지만 이들의 간절한 사랑이 그것을 가능하게 했다. 한국판 '사랑과 영혼(Ghost)'이라고 해야 할까. 비록 결말이 비극적으로 끝날 수밖에 없다 하더라도 그 사랑은 지고의 가치를 지닌다. 현실적으로 헤어질 수밖에 없었기에 더욱 그렇다.

〈취유부벽정기(醉遊浮碧亭記)〉는 송도에 사는 홍생이 평양을 찾아 부벽정에서 취해서 놀다가 기자조선의 마지막 공주를 만나 나라가 망한 사연을 듣고, 울분과 감회를 함께 나누었다는 내용이다. 죽은 여자의 혼령이 산 사람처럼 나타나 주인공과 함께 어울렸다는 점에서 앞의 작품과도 통하지만, 상대방이 선녀이기에 육체적인 관계나 사랑의 감정은 배제되어 있다. 만남이 꿈 속의 일인 것 같다는 설정은 '몽유소설(夢遊小說)'과 상통하지만, 꿈의 시작과 끝을 불분명하게 해서 한층 더 미묘한 분위기를 조성했다. 그렇게 하면서 도가적인 취향과 관련된 신념을 드러내기도 했다.

〈남염부주지(南炎浮洲志)〉는 경주에 사는 박생이라는 강개한 선비가 꿈 속에서 저승에 잡혀가 염라대왕을 만났다는 얘기다. 염왕은 박생에게 뜻을 굽히지 않음을 칭찬했고, 박생은 염왕에게 제왕으로서의 마땅한 자세를 역설했다. 염왕은 저승에서 인간을 심판하는 무서운 권한을 지니고 있지만 박생의 지론에 동조하여 박생에게 자신의 자리를 물려 준다고 했다. 그러니 저승이니 염왕이니 하는 것을 들어서 현실 정치에 대한 비판을 수행한 셈이다. 꿈에 저승에 갔다는 '몽유소설'로서의 설정이 그러한 역사적인 의미를 갖도록 했다. 박생은 염왕에게 세조의 왕위 찬탈을 빗대어 다음과 같은 말을 하기도 했다.

나라를 다스리는 이는 폭력으로써 백성을 다스려서는 안 됩니다. 백성이 두려워 복종하는 것 같지만, 마음 속으로는 반역심을 품고, 날이 쌓이고 달이 이르면 얼음이 어는 것과 같은 화가 일어납니다. 또 덕이 없는 자가 힘으로 왕위에 올라서는 안 됩니다.

〈용궁부연록(龍宮赴宴錄)〉도 꿈 속에 일어난 일을 얘기하고 있다. 송도 사람 한생은 꿈에 용궁에 초대되어 그 동안 발휘할 기회를 얻지 못했던 글짓는 재능을 마음껏 자랑하고 극진한 환대를 받았다. 그 얘기는 뒤집으면 세상의 평가가 잘못됐다는 반증이다. 꿈을 깨자 용궁에서 받은 야광주가 그대로 있었다는 것은 평가를 다시 격하할 수 없다는 뜻이다. 그 뒤로 세상의 명리에 연연해하지 않고 명산에 들어가 자취를 감추었다는 말은 다른 작품의 결말에서도 그랬듯이, 현실에서는 패배자가 되더라도 자기대로의 의지를 굳히고 세상의 횡포를 거부하겠다는 자세를 나타낸 것이다. 김시습은 《금오신화》를 지어 석실에 감추어 두고 천 년 뒤에 나를 알아 줄 사람이 있을 거라고 했다.

(2) 역사의 횡포에 맞섰던 고독한 방외인, 김시습

김시습이 활동한 시기는 15세기 후반이다. 이때는 안정되었던 조선 봉건사회가 그 모순을 드러내기 시작한 무렵이었다. 조정이 혼란을 거듭하는 과정에서 여러 정변을 겪으면서 지배 계층에게 공신전을 남발했고, 지배 계층인 양반들은 이를 토대로 토지겸병을 확대시켰다. 농민들의 생활은 이로 인하여 점차 어려워졌다. 양반 지주들과 농민들의 모순이 첨예하게 드러난 것이다.

김시습의 시 〈농부의 말을 적노라〉(記農夫語)를 보면 이런 사정을 잘 알 수 있다.

> 굶주려 우는 아낙과 아이들 길바닥에 쓰러지고
> 길가던 나그네는 한숨만 짓고 가네
> 사채, 관가 조세 밤낮으로 성화건만
> 얽매인 종살이 도망도 못할 신세
> 이 한 몸에 온갖 부담 지웠으니
> 이리 떼고 저리 찢어 참혹도 할사
> ··················(중략)··················

해마다 흉년 드니 살 길이 전혀 없어
기름진 땅에 권세 있는 양반들이 다 앗아가 버리고
힘센 장정 농사를 지을 일손도 있었으나
군역에 쪼들려 포보(布保) 살러 뽑혀 갔네
발가숭이 어린 자식 옆에서 울부짖어
밥 달라 날 조르나 듣고도 못 들은 척

그런가 하면 왕실 내부의 권력 쟁탈전으로 지배 계층 자체 내의 모순도 심화됐다. 이것이 폭발된 것이 세조 쿠데타이다. 수양대군이 어린 단종의 왕위를 빼앗은 사건이다. 이로 말미암아 봉건적 명분은 땅에 떨어지고 사회적 혼란과 부패는 날로 심해갔다.

김시습이 살았던 시대는 바로 이런 지배 계층과 민중들의, 지배 계층 내부의 모순이 표출되던 시기였다. 혼란의 시대, 폭력의 시대였다. TV 사극의 단골 메뉴로 등장하는, 피비린내 나는 왕권 쟁탈전의 시대가 바로 이때이다.

김시습은 1435년(세종 17년) 서울 성균관 북쪽에서 태어났다. 그의 집안은 볼품 없는 무관의 집안이었다. 하지만 김시습은 나서 8개월부터 글을 알았을 정도로 뛰어난 재주를 지녔다. 그의 이름 시습(時習)도 이런 까닭으로 지어졌다.

그가 5세 때에 운명을 결정짓는 중대한 사건이 일어났다. 김시습이 신동이라는 소문이 세종의 귀에까지 들어가 임금이 친히 보자고 한 것이다. 세종은 도승지 박이창을 시켜 김시습의 글재주를 시험했다. 박이창이 먼저 "동자의 학문이 흰 학이 푸른 소나무 끝에서 춤추는 것과 같도다." 하자, 김시습이 서슴지 않고

"임금님의 덕은 누런 용이 푸른 바다 가운데서 꿈틀거리는 것 같습니다."고 대구를 말했다.

감탄한 세종은 김시습에게 나이가 들어 학문이 이루어지면 불러다 크게 쓰겠노라고 약속하고, 세자(문종), 세손(단종)을 가리키면서 "저 두 사람이 너의 임금이 될 것이다. 잘 기억해 두어라 했다." 이 때문에 김시습은 '오세(五歲)'라는 이름으로 불려지게 됐다.(설악산 오세암이 바로 김시습이 자신의 이름을 따서 지은 것이다.)

김시습을 기특히 여긴 세종은 상으로 비단 여러 필을 내렸는데, 어린 신동은 한 쪽 끝을 허리에 감더니 둘둘 풀면서 가져가는 기지를 발휘하기도 했다. 한미한 집안에서 태어난 김시습으로는 대단히 영광이 아닐 수 없었다. 하지만 누가 예측이라도 했을까? 이런 화려한 출발과 부푼 기대가 그의 인생을 방랑과 좌절로 몰고 가리라는 것을.

영광은 짧고 고통은 길었다. 13세에 어머니가 세상을 떠나고 아버지는 병으로 집안을 돌볼 수 없었다. 남효례의 딸을 맞아 결혼도 했지만 집안을 일으키기에는 역부족이었다. 입신출세의 꿈은 세종, 문종이 잇달아 죽자 점점 희미해졌다. 김시습은 책을 싸서 삼각산 중흥사로 들어간다. 훗날 당시의 심정을 "높은 벼슬에 오를 마음은 적어만 가고/구름과 숲 속을 노닐 생각만 가득했으니/오로지 세상을 잊어버릴 생각뿐"이라 했다. 끝없는 방랑의 전주곡인 셈이다.

김시습의 나이 21세 되던 해 봄, 서울로부터 오는 사람이 있어 세조 쿠데타의 슬픈 소식을 전했다. 김시습은 문을 닫고 나오지 않더니 사흘 만에 크게 통곡하고, 공부하던 책을 모조리 불사르며, 미쳐 날뛰다가 더러운 뒷간에 빠졌다. 그리곤 머리를 깎고 중이 되었다. 중의 이름은 설잠이라 지었다. 연연해 있던 세상과의 인연을 끊었다. 그러면서도 수염은 깎지 않았다. "머리를 깎은 것은 세상을 피하고자 함이요, 수염을 남긴 것은 장부임을 나타내고자 함이다."

이때부터 그의 긴 방랑이 시작된다. 나라 안의 산천을 두루 돌아다니다가 좋은 곳을 만나면 거기서 몇 해씩 머물곤 했다. 김시습이 유자한 양양부사에게 보낸 편지를 보면 "선비는 자신과 세상이 어긋나면 물러나 거하면서 스스로 즐거워하는 것이 그 본분이거늘 어찌 남의 비웃음과 비방을 받아가면서 억지로 세상에 머물러 있을 수 있겠습니까?" 하고 그때의 심정을 술회하고 있다. 즐거워하는 여생이라지만 실은 고통과 슬픔뿐인 방랑생활이었다. 처음 그가 간 곳은 관서 지방이었다. 송도에서 평양을 거쳐 만주 벌판까지 이르렀다. "푸른 벼랑 일만 길에 단풍잎은 붉은데/나그네 바람처럼 지팡이 짚고 길 떠나네"라고 노래했지만 당시의 현실은 비참하기 짝이 없었다.

그가 대동강 하류에 이르렀을 때 어부들의 비참한 삶을 목격한다. 여기서 김시습은 어부들이 자신과 다름없음을 깨닫고 〈어부〉라는 시를 짓는다.

> 한평생 사는데 낚시 하나와 배 한 척
> 쌍쌍이 날아드는 갈매기 벗을 삼아
> 어지러운 저 세상 근심은 내 몰랐는데
> 지난 해엔 관가에 어세로 다 뺏기고
> 집 식구들 데리고 먼 섬나라 왔더니

금년엔 아전 놈들 벌금 내라 성화네
집 팔아 배를 사서 사공 신세 되었노라
물결 위에 몸을 싣고 달빛 따라 떠도니
도롱 삿갓, 띠 우장에 속절없이 늙어가네

3, 4년 동안 관서 지방을 여행하면서 지은 시를 《유관서록》으로 묶은 다음 24세 되던 해 관동 지방으로 발길을 돌렸다. 관동 지방은 명산이 많아 금강산, 오대산, 설악산 등을 돌며 시를 지었다. 26세 되던 해 《유관동록》으로 시를 묶은 다음 이번엔 호남으로 향했다. 호남의 풍부한 물산과 인정을 보고 겪으면서, 이때 지은 시를 《유호남록》으로 묶었다. 관서·관동·호남 지방을 떠돌고 나니 10년의 세월이 훌쩍 흘러가 버렸다.

김시습의 나이 31세. 20대의 젊음은 방랑의 세월 속에 묻혀 버렸다. 어딘가 안주하고 싶었다. 그래서 그가 정착한 곳이 경주의 금오산이다. 용장사라는 절에 집을 짓고 그 집을 매월당이라 불렀다. 10년의 방랑 끝에 정착 생활을 시작한 것이다. 이때부터 7년 동안이 그에게 가장 안정된 시기였다. 여기서 《금오신화》가 탄생한 것이다. 그 중 한 편인, 애절한 사랑의 이야기 〈이생규장전〉은 다음과 같이 아름다운 시로 시작된다.

사창에 기대 앉아 수 놓기도 느리구나
활짝 핀 꽃 사이로 꾀꼬리 지저귀는데
살랑이는 봄바람을 부질없이 원망하며
가만히 바늘 멈추고 생각에 잠기네
저기 가는 총각은 어느 집 도련님인고

푸른 옷깃 넓은 띠가 버들 새로 비치누나.
이 몸이 바뀌어서 대청 위의 제비 된다면
주렴을 살짝 걷어 담장 위를 넘으리라.

봉건적 속박을 벗어나려는 젊은 처녀의 심정을 낭만적인 어조로 노래하고 있다.

〈이생규장전〉의 내용은 이렇다.

태학에 다니는 이생과 젊고 아리따운 최랑이라는 처녀가 서로 눈이 마주쳐 사랑하게 되고, 밤마다 이생이 담장을 넘어와 밀회를 즐기다가 나중에 부모에게 발각되어 서로 떨어져 있게 된다. 최랑이 몸져 눕게 되자 사실을 안 부모는 서둘러 혼인시키고 이들은 행복한 가정을 이룬다. 하지만 그 행복도 잠시, 도적이 침입하여 최랑은 목숨을 잃는다. 여인은 혼귀가 되어 이생 앞에 다시 나타나 3년 동안을 같이 산다. 그 뒤 여자는 하늘로 올라가고 이생은 아내를 그리워하다 병으로 죽는다.

15세기에 이미 봉건적 속박에서 벗어나 개성을 강조하고 자유로운 애정 방식을 얘기했다니 놀랄 만한 일이다. 이 작품은 산 남자와 죽은 여자와의 슬픈 사랑의 이야기로 되어 있다.

이생이 단절된 세계의 저편에서 이미 죽어 혼령이 된 사랑하는 아내를 맞이하는 것처럼, 김시습도 세계의 횡포를 저주하면서 슬픈 삶을 이어가야 했다. 자유로운 개성을 긍정했지만 봉건적 세계는 너무나 완강했다. 가능한 것은 비현실의 세계 속이나마 그들의 이상을 실현하는 것이다. 이생과 최랑은 3년 동안이나 이루기 어려운 사랑을 나누었다. 김시습 역시도 잘못된 세상을 저주하면서 '방외인(方外人)'으로서의 길을 걸어야 했다.

37세 되던 해, 드디어 서울로 돌아왔다. 성동에 폭천정사를 짓고 밭을 갈며 자연과 벗삼아 살려 했지만 가난은 늘 그를 괴롭혔다. 더욱이 세조의 편에 붙었던 친구들은 모두 높은 벼슬아치가 되어 있었다. 지조를 팔아 권력을 얻어 부귀영화를 누리는 친구들이 아니꼽기 그지없었다. 그러다 보니 그의 행동은 상식의 범위를 뛰어넘기 시작했다.

술을 마시고 길을 가다가 당시 영의정이 된 정창손을 보고 "저놈은 꺼져야 마땅하다!"고 소리를 지를 정도였다. 서거정에게도 그랬고 신숙주에게도 예외가 아니었다. 주위 사람들이 높은 대신을 욕보였기 때문에 죄를 주어야 된다고 했지만 "이 사람을 죄 준다면 두고두고 당신의 이름이 더럽혀질 것이오."라고 거절했다. 미친 체하고 기괴한 행동을 하여도 친구들은 그의 속 마음을 인정해 준 것같다.

한번은 신숙주가 김시습이 서울에 왔단 말을 듣고 술에 취하게 한 다음에 자기의 집으로 데려온 적이 있었다. 술이 깨자 신숙주가 그의 손을 잡고 "열경(매월당의 자)은 어찌하여 한마디도 말을 아니 하오?" 하니 김시습이 입을 다물고 옷깃을 끊어 버리고 돌아갔다 한다.

친구들이 벼슬을 권하기도 했지만 끝내 뜻을 굽히지 않았다. 미친 체하는 정도는 점점 심해졌다. 저잣거리를 지나 다니다가 돌아갈 것도 잊은 듯이 한 곳을 뚫어지게 바라보며 가만히 서 있기도 했고, 길거리에다 오줌을 누며 남이 보는 것을 피하지도 않았다. 미친 사람이라고 아이들이 놀리며 돌멩이를 던질 지경에 이르렀다.

이런 일도 있었다. 세조 쿠데타의 일등 공신 한명회가 한강가

에 압구정(기러기, 갈매기와 벗삼아 자연에 묻히겠다고 그렇게 이름을 지었다)을 짓고 그 현판시에

청춘엔 사직을 붙들었고(靑春扶社稷)
늙어서는 강호에 누웠노라(白首臥江湖)

라고 써 붙였다. 김시습은 부(扶)자를 위(危)자로 고치고, 와(臥)자를 오(汚)자로 고쳐 놓고 갔다. "청춘엔 사직을 위태롭게 했고, 늙어서는 강호를 더럽혔다." 했으니 실로 기막힌 풍자가 아닐 수 없다.

47세 되던 해에는 환속하여 머리를 기르고 안씨의 딸을 아내로 맞아 새생활을 시작한다. 하지만 이미 세상의 재미를 맛보기에는 맺힌 한이 너무 깊었고, 나이 또한 많았다. 불행하게도 그나마 늦게 얻은 아내마저 병들어 죽게 되었다. 김시습은 다시 머리를 깎고 어쩌면 다시 돌아오지 못하는 마지막 방랑의 길을 떠난다. 이때가 49세 되던 해이다.

주로 다닌 곳은 설악, 한계, 양양 등 관동 지방이었다. 그래서 지금 김시습의 자취가 가장 많이 남아 있는 곳이 설악산이다. 백담사나 오세암도 김시습이 거쳐간 곳이고, 한계에 와서는 목 놓아 울었다고 '울내'라는 이름이 생기기도 했다. 거기서 밭을 일구고 상당한 기간을 살았다.

양반 자제들이 그의 학문이 높음을 알고 글 배우기를 청하면 반드시 김매고 농사 짓는 힘든 일을 시키는 까닭에 끝까지 학업을 전해 받은 사람이 적었다. 농민의 고통을 함께 하고자 했음이리라.

양양부사였던 유자한이 그를 존경해 때때로 음식과 의복을 보내 주었으며, 벼슬할 것을 권하기도 했다. 그러자 김시습은 "자신의 넋을 떨어뜨리고 세상을 살기보다는 소요하면서 일생을 보내는 것이 어떻겠습니까. 천 년 뒤에나 나의 본래의 뜻을 알아주기를 바랄 뿐입니다."라고 대답했다. 한가롭게 소요하면서 일생을 보내길 바랐지만 그의 삶은 가난과 고통, 방랑과 눈물뿐이었다. 한번은 유자한이 보낸 관비가 김시습의 사는 모양을 보고 도저히 같이 못 살겠다고 산을 내려간 적이 있었다.

〈울화병〉이란 시에서 그는 이렇게 자신의 방랑생활을 적고 있다.

십 년을 떠돌며 산과 물에 노닐었더니
독기 품은 비와 연기가 번번이 몸을 괴롭히네.
이슬을 맞으며 강마을에 잠들면 바람은 병속을 도려내고
바위 틈엔 별빛 비쳐 싸늘한 기운 몸에 스미네.
보이는 거라곤 두 귀 밑에 해마다 늘어나는 흰 터럭이고
알지 못하는 새에 두 눈썹엔 주름만 차츰 늘어가는구나.

1493년(성종 24) 홍산의 무량사에서 봄비 내리는 가운데 한 많은 생을 마감하니 그의 나이 59세였다. 40년 가까이를 떠돌아다닌 셈이다.

유언에 따라 시체를 화장하지 아니하고 그냥 두었는데 3년 뒤에 장사 지내려고 보았더니 얼굴 빛이 생전과 똑같아서 모두 놀라, 부처라 여기며 불교 의식에 따라 화장했다고 한다. 죽어서까지 그 깊은 한이 남아서일까? 지금 그의 유골은 무량사의 부도에

간직되어 있다.

2. 사물을 의인화한 소설―〈화왕계〉와 고려가전

식물이나 동물 혹은 사물들을 사람처럼 의인화하여 세상을 풍자하는 방식은 우리 고전에서 예부터 널리 사용되어 왔다. 그 첫 작품은 설총(薛聰)이 지었다는 〈화왕계(花王戒)〉다. 《삼국사기(三國史記)》〈설총조〉에 실려 있는 작품으로 어느 여름 달밤에 신문왕(神文王)에게 한 이야기다. 이야기는 모란을 왕에, 백두옹(白頭翁;할미꽃)을 충신에, 장미를 미인에 비유하여 왕이 충신의 말은 듣기 어렵고 미인의 말은 듣기 쉽다고 하자 백두옹이 이치를 따져 이를 깨우쳐 주었다는 내용이다. 그러자 신문왕은 그 내용이 정치의 도리를 깨우쳐 주었다 하여 계율로 삼았다고 한다.

설총은 《삼국사기》의 기록에 따르면 원효대사(元曉大師)가 각지를 떠돌아다닐 때에 "나에게 도끼자루와 도끼를 준다면 하늘을 떠받칠 기둥을 깍겠다."고 하자 태종이 이를 듣고 훌륭한 자식을 얻을 조짐이라 여겨 원효를 일부러 문천교(汶川橋) 아래 물속에 빠뜨린 다음 요석궁으로 데려와 과부가 된 공주와 지내게 하여 설총을 낳았다 한다. 설총은 어린 시절부터 총명하여 경사(經史)를 두루 통하였으며 문장도 잘 지어 최치원(崔致遠)과 더불어 신라를 대표하는 문장가로 이름이 높다.

고려시대에 들어와서는 사물을 의인화한 이른바 '가전(假傳)'이 많이 등장했다. 원래 '전(傳)'이라는 갈래는 사람의 일생을 서술하는 방식인데 사람이 아니라 사물이니 '가짜전'이라고 했다.

인물의 생애를 다룬 글은 아니면서 전으로서의 격식을 갖추고, '사신왈(史臣曰)' 어쩌구 하는 평까지 곁들여 사서의 열전을 흉내냈다. 다룬 대상은 선비들이 가까이 하는 사물들이다. 술, 돈, 거북, 대나무, 지팡이, 종이 등을 다루었는데 《동문선(東文選)》에 7편이 실려 있고, 그 밖에 다른 문헌에도 2편이나 전한다.

술, 돈, 거북, 대나무, 지팡이, 종이 등 사물을 자세히 관찰하고 그 유래와 쓰임새를 구체적인 사실에 입각해서 서술하는 데서 작품이 출발했다. 이렇게 사물에 대한 관심은 고려 후기에 새롭게 등장한 문인들의 취향을 나타낸 것이다. 원래 지방 향리 출신으로서 무신란 이후에 등장한 신흥사대부들은 현실적인 사물에 관심을 기울였다. 거기다가 '능문능리(能文能吏)'로서의 글재주를 마음껏 발휘할 수 있어 가전 작품이 많이 등장했다.

〈국순전(麴醇傳)〉은 임춘(林椿)의 작품이다. 임춘은 무신란에서 피해를 입은 구귀족의 잔존 세력이지만, 몰락을 겪고 구차하게 살아가노라고 화려한 공상이나 관념적인 사고의 틀을 깨고, 구체적인 사물과의 관계를 통하여 자신의 처지를 나타내는 방식을 택했다.

〈국순전〉은 술을 의인화한 작품이다. 술이 만들어지는 과정이나 술의 기능 등을 작품화한 셈이다. 국순이라는 인물은 원래 도량이 크며 남의 기운을 북돋아 주는 재간이 있어서 위로는 벼슬하는 사람으로부터 아래로는 머슴이나 목동에 이르기까지 누구나 흠모했다. 그런데 국순이 요행히 벼슬을 하자, 왕의 마음을 혼미하게 하고서는 돈을 거두어 들이는 데만 급급해서 여론이 좋지 않았다. 그러다가 하루 저녁에 죽었다. 술에 관한 이러한 생각은 술은 나라를 망칠 수 있다는 것이지만 내면적으로는 벼슬을 하지 못하고 숨어지내면서도 숭앙을 받는 사람이기를 바라고, 벼슬을 해서 나라를 망치는 자는 되지 말아야 하겠다는 것이다. 이와 함께 정사를 돌보지 않는 임금까지 비판의 대상으로 삼았다. 임춘은 술을 통해 당시 세상에 대한 불만과 비판을 드러낸 셈이다.

〈국선생전(麴先生傳)〉역시 술을 의인화한 것으로 이규보(李奎報)의 작품이다. 임춘이 〈국순전〉을 통해 술의 폐해를 지적한 반면 이규보는 오히려 국선생으로 칭송하면서 술의 공적을 다루었다. 한걸음 더 나아가 국성(麴聖)으로까지 미화시켰다. 국성은 어렸을 때 이미 "마음과 생각이 몹시 크고 넓어서 넘실거리는 만경의 물결과 같아 맑게 해도 맑아질 것이 없고, 흔들어도 더 흐려지지 않는다."는 평을 들었다. 국성의 공적은 막힌 것은 열어 주고, 경직된 것은 풀어주는 데 있다고 했다. 벼슬을 해서도 임금의 마음을 기름지게 했으니, 그 공적이 크다 했다. 국성이 벼슬을 그만두자 바로 도적이 일어났는데, 다른 장수는 막을 길이 없으므로 국성이 나아가 수성(愁城)에 물을 대서 도적을 평정했다. 수성은 곧 근심의 성이니 마음의 근심을 술로 다스렸다는 의미다.

이규보는 〈국선생전〉을 통해 술이 인간의 마음을 얼마나 윤택하게 하는가를 다루어 임춘의 〈국순전〉과 논쟁을 한 셈이다. 임춘은 무신란으로 몰락한 구귀족의 세력이 등장한 신진사인(新進士人)이니 당시 현실을 보는 입장이 서로 달랐을 것은 분명하다. 즉 임춘은 당시의 현실에 부정적인 반면 이규보는 새시대가 오고 있음을 느끼고 있었다.

〈죽부인전(竹夫人傳)〉은 목은 이색의 아버지인 이곡(李穀)의 작품이다. 대나무로 만들어 침석에 놓고 쓰는 죽부인을 의인화했다. 원래 죽부인은 몸을 시원하게 하기 위해 사람의 형상으로 만들어 안고 자는 기구다. 이곡은 여기다가 아름답고 현숙한 부인의 모습을 그려 넣었다. 작자가 생각하고 있는 이상적 여인상을 죽부인을 통해 떠올린 셈이다.

〈저생전(楮生傳)〉은 종이를 의인화한 것으로 이첨(李詹)의 작품이다. 종이의 내력을 적어 놓은 글이다. 종이는 선비들이 늘 대하는 것이니 할 말이 많게 마련이다. 종이에 얽힌 무수한 고사성어와 사연들을 정리했다.

중국 장조(張潮)의 〈저선생전(楮先生傳)〉이나 민문진(閔文振)의 〈저시제전(楮侍制傳)〉 등과 여러모로 유사한 점이 많다. 저생을 한 문인에 비유하여 종이의 용도에 따른 한 문사의 일생을 서술한 작품으로 부패한 당시 통치자들에 대한 풍자가 돋보인다.

사물을 의인화한 이런 작품들은 그 뒤 인간의 심성을 의인화한 것이나 동물을 의인화한 이른바 '우화소설'로 발전하여 현실을 풍자하고 비판하는 역할을 수행하게 된다.

3. 정치와 도술 ─〈전우치전〉

〈전우치전(田禹治傳)〉은 술사였던 전우치를 주인공으로 한 소설이다. 그런데 전우치는 수수께끼의 인물이다. 여러 문헌에 이름이 오르내리고 신이한 행적을 두고 말이 많으나 사실이라기보다는 전설에 가깝다.

전우치는 조선 성종 초엽 1470년경에 태어나 중종 때인 1530년경에 죽었다고 한다. 고려의 도읍이었던 송도에서 태어났으며, 한미한 가문의 선비로서 온갖 공부를 하다가 유학이 아닌 선도

(仙道)에 빠졌다. 애써 진출하려고 해도 성과가 없다고 여겨 이단을 숭상했던 것 같다. 결국 무엇인가 반역을 꾀하다가 처형됐다고 한다.

하지만 전설은 관이 텅 비었다든가, 죽었다는 사람이 다시 살아났다는 식으로 이야기가 이어졌다. 그가 술사였기 때문에 허황된 얘기도 보태졌다. 귀신을 물리치고 병을 고쳤다고 했으며, 동자를 시켜 하늘에서 천도 복숭아를 따오게 했다든가, 밥을 뿜어 나비가 되게 했다고 한다. 전우치에 관한 전설은 이처럼 신이한 행적을 강조한 흥미거리의 얘기가 대부분이다.

그런데 소설에서는 사정이 다르다. 전우치의 죽음을 임금이 처형했어도 아무런 어려움 없이 사라졌다는 것으로 바꾸었고, 전우치가 백성들을 위해서 한 일에 관심을 집중시켰다. 죄를 얻은 사건은 천상의 선관으로 가장해 임금을 속여 황금대들보를 바치게 하고 그것을 팔아 가난한 백성을 구제한 일이다. 일단 사라진 다음에 나라에 자수해서 벼슬을 얻고 공을 세우기도 했으나 역적으로 몰리자 다시 도망쳤다고도 한다. 그 후 거만하고 부유한 무리들을 우롱하다가 마침내 저지당하고 산중에 숨었다고 한다.

우선 〈전우치전〉에는 당시의 잘못된 통치에 대한 비판이 들어있다. 남방 해변 여러 고을에 도적이 노략질을 일삼고 흉년까지 겹쳐 백성들의 참혹한 형상은 붓으로 그리지 못할 지경이지만 "조정에 벼슬하는 이들은 권세를 다투기에만 눈이 붉고 가슴이 탈 뿐이요, 백성의 질고는 모르는 듯이 버려두니, 뜻 있는 이의 팔을 뽐내어 통분함이 이를 길 없다."고 한다. 그래서 전우치도 참다 못하여 "그윽히 뜻을 결단하고 집을 버리며 세간을 헤치고, 천하로써 집을 삼고 백성으로써 몸을 삼으려" 했다고 한다.

국가가 유지되는 기본은 바로 백성들이다. 그 백성들이 편안하게 잘 살아가야만 국가가 부강하게 되는 것이다. 그런데 위에서 다스리는 자들은 백성들의 고통은 아랑곳하지 않고 자신들의 권세만 다투고 있으니 기가 막힐 노릇이다.

전우치가 임금을 속여 황금대들보를 바치게 한 사건은 바로 여기에 바탕을 두고 있다. 즉 백성들이 국가 부강의 기틀이 되고 그러기에 마땅히 대접받아야 한다는 것이다. 전우치의 행위는 백성들에게 빼앗은 것을 다시 백성들에게 돌려주는 셈이다. 황금대들보를 팔아 곡식을 구해 백성들에게 나눠 주고 그 사연을 적은 방문에 보면,

대개 나라는 백성을 뿌리 삼고 부자는 빈민이 만들어 줌이어늘, 이제 너희들이 양순한 백성과 충실한 일꾼으로 이렇듯 참혹한 지경에 이르렀건마는, 벼슬한 이가 길을 트지 아니하고 가멸한 이가 힘을 내고자 아니함이 과연 천리에 어그러져 신인이 공분하는 바이기로, 내 하늘을 대신하여 이러저러한 방법으로 이리저리 하였으니, 너희들은 모름지기 이 뜻을 깨달아 잠시 남에게 맡겼던 것이 돌아온 줄로만 알고 남의 힘을 입었다 생각지 말지어다. 더욱이 자청하여 심부름한 내가 무슨 공이 있다 하리오.' (신문관본)

라 되어 있다. 나라의 기틀이 백성에 있음을 잘 보여준 방문이다. 이런 점에서 〈전우치전〉은 〈홍길동전〉과도 서로 통한다. 말하자면 '의적전승'인 셈인데 가난한 백성을 구제하는 일을 통하여 봉건 통치가 얼마나 잘못돼 있는가를 지적한 것이다.

다음은 〈홍길동전〉과는 다르게 전우치 개인의 도술이 부각된다는 점이다. 〈홍길동전〉에는 활빈당의 무리가 등장한다. 이들은 "모이면 도둑이 되고, 흩어지면 백성이 된다."고 하는 당시의 지적처럼 땅을 빼앗기고 떠돌아 다니는 유랑민인 것이다. 농사 지을 땅도 없고, 장사할 밑천도 없어 결국 도둑의 길로 들어선 사람들이다. 그 때문에 〈홍길동전〉은 농민 저항을 소설로 형상화했다고 할 수 있다.

　하지만 〈전우치전〉은 이런 백성들의 무리는 등장하지 않는다. 대신 전우치의 도술이 가난한 백성들을 구제하는데 유용하게 쓰인다. 그런 점에서 〈홍길동전〉보다는 문제 의식이 약화됐다고 할 수도 있다. 하지만 작품을 읽는 사람은 전우치와 자신을 동일시함으로써 대리 만족을 느낄 수 있다. 또 전우치처럼 도술을 부릴 수 있다면 자신은 무엇을 할 것인가를 생각해 볼 수도 있다. 그 도술은 물론 가난한 백성을 구제하는데 쓰였다. 그럴 때 도술은 사회적 의미를 획득한다. 모순에 가득찬 봉건 사회에서 자신이 할 수 없는 일을 도술이 대신해 준다고 할 때 그 일은 신나는 일이 아닐 수 없다. 〈전우치전〉에서 전우치의 도술이 뒤로 가면서 명분을 잃고 개인적인 일로 떨어질 때 그 힘이 약화되는 것을 생각해 보라.

　소설은 어쩌면 상상하는 것이고 자신이 불가능한 일을 꿈꾸는 것이기도 하다. 봉건 시대처럼 개인의 능력이 제한되어 있을 때 그것은 더욱 의미있게 된다. 삶의 주어진 조건을 일거에 바꾸어 놓으면서 인습과 권위를 파괴하는 비약을 작품에 구체화하려면 도술을 개입시키는 것보다 더 효과적인 방법을 찾기 어렵다. 그런 점에서 〈전우치전〉의 도술은 넓은 사회적 의미망을 획득하게 된다. 〈전우치전〉이 단순한 '도술소설'에서 벗어나 '사회소설'로서의 성격을 갖는 것도 이 때문이다.

4. 이상적인 사회를 향하여―〈허생전〉과 박지원

(1) 이용후생(利用厚生)의 실현

〈허생전(許生傳)〉은 조선 후기의 대실학자 연암 박지원(朴趾源)의 한문 소설로 《열하일기(熱河日記)》 10권 〈옥갑야화(玉甲夜話)〉에 실려 있다. 여기서 연암은 허생의 상행위를 통하여 어떻게 해야 나라가 부강해지는가를 애기함과 동시에 당시 북벌론으로 쓸데없는 명분에 사로잡혀 청나라와 대결하려는 위정자들의 허위의식을 통렬하게 비판하고 그 대안으로 '북학론' 즉 청나라를 배우자는 사상을 내놓는다.

허생은 10년 계획으로 남산골의 오두막에서 공부를 하고 있었는데 가난과 아내의 성화로 공부를 중단한다. 장안의 갑부 변승업을 찾아가 만 냥을 빌린 다음 지방으로 내려가서 물건을 매점매석하여 큰 돈을 번다. 그리고 도둑들을 데리고 들어가 이상국을 건설한 다음 그곳을 나온다. 변씨에게 빌린 돈을 열 배로 쳐서 갚자 이에 놀란 변씨가 허생의 뒤를 밟아 보니 남산골의 오두막으로 들어간다. 그후 두 사람은 친구가 되어 변씨는 허생의 식량과 의복을 댄다. 하루는 변씨가 이완(李浣) 정승에게 허생을 소개하지만 시사에 관한 애기를 주고 받다가 오히려 허생에게 비웃음만 산다. 허생의 비범함을 깨달은 이완이 다시 찾아갔으나 이미 허생은 자취를 감춘 뒤이다.

이상의 내용으로 되어 있는 〈허생전〉은 당시 실학자였던 연암의 사상이 녹아 들어 있는 작품으로 이용후생의 사상이 가장 두드러진다. 즉 경제가 얼마나 중요한 것인가를 말했다고 할 수 있다. 아내의 성화에 집을 뛰쳐나온 허생은 온갖 장사를 해서 큰 이익을 남겼을 뿐 아니라 이 돈으로 도적들과 무인도에 가서 이상향을 건설하고, 또 일본과 무역을 해서 큰 돈을 벌고 이 돈을 가지고 본국으로 돌아와 전국을 순회하면서 빈민을 구제한 일 등은 이를 말해 주는 것이다. 허생은 가정의 평화와 사회, 국가의 안녕은 모두 경제가 좌우하는 것으로 보았다. 사회의 범죄와 도적의 창궐 같은 것도 그 원인이 경제에 있다고 보았다. 이 경제 활동이 인간이 먹고 사는 실생활과 직결됐다고 믿기 때문이다. 그래서 그는 해결 방도의 하나로 교통수단을 개선하여 원활한 상품 유통을 꾀해야 한다고 하고, 나아가 상업과 무역을 적극 장려, 실천해야 한다고 주장한다.

두 번째는 실무사상의 고양이다. 공리공론을 배격하고 허례허식을 물리쳐 실속있는 일에 힘쓰는 일이다. 양반으로서 상업과 무역에 손을 댔다는 것부터 그런 일면을 보여 주지만 이완 대장과 시사문제를 논하는 중에 우수한 인재를 뽑아 중국에 유학시켜 선진문명을 흡수해야 한다든지, 중국과 무역을 장려해서 부국의 방도를 강구해야 하고 남만의 유물인 상투와 문약의 상징인 넓은 옷소매와 흰 옷을 폐지해야 한다고 주장한 것 등은 모두 이런 실무사상의 표현이다. 더군다나 허생을 통해 북벌론의 허위의식을 날카롭게 공격함으로써 북벌이 아닌 북학을 해야 함을 역설하기도 했다.

세 번째의 것은 이상사회의 건설이다. 허생이 도적들을 이끌고 무인도로 가서 "우선 부유하게 한 후에 문자를 만들고 제도와 의

관을 만든다."고 했다. 백성들의 생활이 윤택하게 된 후에 여러 관습들을 만든다는 얘기다. 여기서 이상향의 모습은 가난하지 않고 부유하게 살아가는 경제적 풍요가 넘치는 사회다. 더군다나 하루라도 먼저 난 사람에게 숟가락을 먼저 들게 하는 것을 보면 반상이나 귀천의 차별없이 누구나 평등하게 인간 대접을 받으며 사는 사회를 꿈꾸었던 것 같다. 〈홍길동전〉에 등장하는 율도국과는 달리 얼마나 실생활을 중시했는가를 알 수 있게 한다. 더욱이 허생이 그곳을 나오면서 배를 불태워 버리고 글을 아는 자를 데리고 나왔던 사실은 실제 삶을 통하여 제도나 관습을 익히게 했음을 알 수 있게 한다.

그런데 허생은 무역을 해서 애써 번 돈 백만 냥을 왜 바닷속에 버렸을까? 쉽게 생각하면 그 돈이 조선 사회에 유통될 수 없을 정도로 많은 돈이기도 하지만 풍요하게 삶을 영위하는 그 섬에서는 필요없는 돈이다. 게다가 허생은 그렇게 많은 돈을 번 뒤에도 가난한 생활로 돌아갔다. 허생의 말을 빌리면 '작은 재주'를 시험해 본 것이지만 허생은 글을 하는 선비로 계속 학문 연구를 해야 한다고 여겼다. 그 학문이 바로 실학이다. 백성들이 필요로 하고 실제 생활에 도움이 되는 학문을 함으로써 백성들의 삶을 풍요롭게 할 수 있다고 믿었다. 연암 박지원은 〈과농소초〉라는 글에서 선비는 농, 공, 상의 도움을 받아 살아가기에 그들이 필요로 하는 학문을 해야 한다고 역설했다. 백성들이 필요로 하는 이용후생의 학문, 이를 통하여 국가 경제를 발전시킬 수 있고 백성들의 생활을 윤택하게 할 수 있는 것이다. 연암의 그런 사상이 가장 잘 드러난 작품이 바로 이 〈허생전〉인 것이다.

(2) 봉건 해체기의 대실학자 연암 박지원

연암 박지원(朴趾源, 1737~1805)은 당대의 손꼽히는 명문 대가에서 태어났다. 젊은 시절 그는 학업에 정진하면서 과거 준비에 전념하였는데, 다른 한편 며칠씩이나 잠을 자지 못하는 등 심한 우울증으로 고생을 하기도 하였다. 이는 당시 양반 사회의 타락한 세태에 대해 비판적이었고, 과거를 통해 입신 출세하는 일에 회의를 느낀 데서 비롯된 것으로 보인다. 그는 우울증을 달래기 위해 시정의 기이한 인물들이나 소문들에 관심을 기울였다. 이러한 관심의 결과를 모아 놓은 것이 《방경각외전》인데, 그 속에는 거지 출신으로 각종 직업을 전전하던 광문, 서울 근교에서 농가에 거름을 공급하던 엄행수, 무식한 농부, 몰락한 무반 등 하층의 서민들을 주요 대상으로 등장시키고 있다.

장래의 거취 문제로 오랫동안 번민하던 연암은 과거 보기를 포기하고 재야의 선비로 살아갈 것을 결심하기에 이르렀다. 그는 당대의 지식인들과 교우하면서 이용후생(利用厚生)의 학문에 깊은 관심을 기울이는 한편, 조선의 낙후된 현실을 타개하기 위해 당시 세계 문화의 중심지였던 중국을 여행할 꿈을 키워 갔다. 이 때 연암그룹으로 불리는 홍대용, 이덕무, 박제가, 유득공, 서상수, 정철조 등과 어울려 "모이기만 하면 며칠씩 머무르면서 위로는 고금의 치란, 흥망의 까닭, 고인의 출처, 법도와 제도의 연혁, 농공의 이익과 폐단, 산천, 음악에서부터 초목, 금수 등에 이르기까지 모두 관통하고 꿰뚫어 포괄하지 않음이 없었다."고 한다. 그리하여 당시 우리나라 사대부들이 이용후생에 소홀하여 경제, 명물(名物) 등의 학문이 대부분 잘못을 그대로 답습하는 것을 비판하였다. 이 같은 그의 생각은 "쓰임을 이롭게 한 뒤에야 백성들의 생활을 풍부하게 할 수 있고 백성들의 생활을 풍부하게 한 뒤에야 그들의 덕행을 바른 데로 이끌 수 있다.'고 하는 이용후생적 입장을 보여 주는 것이다.

당시 조정에서는 정조의 왕위 계승을 반대하던 벽파(僻派)계 인사들이 대거 숙청되고 정조 즉위에 공이 큰 홍국영이 실세를 장악하고 있었다. 그런데 홍국영 일파의 전횡에 대해 비판적인 입장에 서 있던 연암은 자신에게 미칠 화를 피하여 가족을 이끌고 황해도 연암 골짜기로 이주하였다. 산중에서의 외로운 생활을 하던 연암은 마침내 평소 열망하던 중국 연행(燕行)길에 오르게 된다.

연암은 중국 여행의 체험을 통해 새로운 사상과 과학문명을 여러 방면에서 직접 목도하게 되었다. 당시 이민족 청조를 '되놈의 나라'라고 싸잡아 비난하던 풍토 속에서 그는 중국의 일류 명사들을 만나 학문적 교류와 우정을 교환하고 중국 사회와 문화의 면면들을 깊이 있게 관찰하였다. 이 여행의 체험을 기록한 《열하일기(熱河日記)》는 참신한 문체로 인해 당시 문단에 커다란 충격과 파문을 던졌다.

연암은 50세에 비로소 벼슬길에 나서게 되어 자신의 정치적 경륜을 실천할 기회를 갖게 된다. 그리 높지 않은 관직들을 지냈는데, 정치를 잘하여 백성들의 칭송을 들었다. 안의현감(安義縣監)으로 있을 때에는 청나라에서 배워 온 기술로 베틀, 양수기, 물방아 등의 생산 기구를 제작하여 사용하도록 가르치기도 하였다. 1801년 신유박해(辛酉迫害) 때 실학파 지식인들의 공개적인 활동이 어려워진 상황에서 그는 정계에서 물러나 저술에 전념하다가 1805년 69세를 일기로 눈을 감았다.

Hyewon World Best

황금을 바구니에 가득 담아
후손에게 물려 주는 것보다
한 권의 책을 가르쳐 주는 것이 낫다.
재물은 쓸수록 없어지지만
지식과 지혜는 사용할수록 늘어나기 때문이다.

Hyewon World Best

황금을 바구니에 가득 담아
후손에게 물려 주는 것보다
한 권의 책을 가르쳐 주는 것이 낫다.
재물은 쓸수록 없어지지만
지식과 지혜는 사용할수록 늘어나기 때문이다.